UNE CHANCE D'ENFER

DANS LA MÊME SÉRIE

1. *Le pouvoir des Trois*
2. *Le baiser des ténèbres*
3. *Le sortilège écarlate*
4. *Quand le passé revient*
5. *Rituel vaudou*
6. *Menaces de mort*
7. *Le violon ensorcelé*
8. *Le secret des druides*
9. *La fiancée de Nikos*
10. *La statue maléfique*
11. *La sorcière perdue*
12. *Mauvais esprits*
13. *Le jardin du mal*
14. *Démons sur le Net*
15. *Mauvaises fréquentations*
16. *L'ombre du sphinx*
17. *L'enlèvement des sorciers*
18. *Étranges nuées*
19. *Le reflet du miroir*
20. *Entre deux mondes*
21. *Trahison et conséquences*
22. *Une chance d'enfer*
23. *Secrets de famille* (avril 2005)

Charmed™

UNE CHANCE D'ENFER

Une histoire originale de
Scott Ciencin
d'après la série télévisée « Charmed »
créée par Constance M. Burge

Fleuve Noir

Titre original :
Luck Be a Lady

Traduit de l'américain
par Betty Peltier-Weber

ISBN : 2-265-07999-5
ISSN : 1627-8364

Les Préparatifs de Guerre

— L'eau est parfaite, dit Paige en trempant un orteil dans la mousse du bain. Et cette station de jazz me convient tout à fait. Je vous remercie, mesdemoiselles.

Les domestiques parties, Paige ferma le loquet de la porte, retira le déshabillé et se laissa glisser avec volupté dans la baignoire. C'était divin. Retenant son souffle, elle ferma les yeux et plongea la tête sous l'eau pour se mouiller les cheveux.

Après cinq minutes à peine, elle ressortit du bain, se sécha, enfila son déshabillé et, entourée d'une pluie de lumière bleutée, elle se téléporta.

Paige réapparut dans sa chambre d'hôtel où l'attendait une tout autre garde-robe. Phoebe et Piper s'étaient déjà changées et Chloé s'affairait autour d'elles, réglant des détails de dernière minute.

— Mon alibi est en place, annonça Paige, rongée d'inquiétude.

En effet, qu'adviendrait-il si leur confrontation imminente ne se déroulait pas comme prévu ?

Quelques secondes plus tard, elle portait sa tenue de combat.

CHAPITRE 1

En se frottant les yeux de fatigue, Phoebe se laissa aller contre le dossier du fauteuil particulièrement inconfortable de son bureau. Elle pouvait entendre le cliquetis déterminé d'un clavier derrière elle, dans la section locale du *Bay Mirror* où elle travaillait. Une pointe de culpabilité la tarauda.

Eh bien, en voilà au moins un qui travaille dans ce journal ! pensa-t-elle. *Malheureusement, ce n'est pas moi !*

Quand elle retira les mains, son visage fut aussitôt éclairé par la douce luminescence de la page blanche sur l'écran plat de l'ordinateur.

Décidément, cette page était sans pitié ! Cela faisait des heures que Phoebe se mesurait à cet ennemi. Découragée, elle réprima un bâillement et consulta sa montre. Il était près de vingt heures. Cela faisait donc plus de cinq heures qu'elle essayait de rédiger son article sans le moindre résultat.

Il fallait reconnaître qu'il était assez difficile de conseiller des inconnues sur leur vie amoureuse quand votre propre cœur a été non pas brisé, mais découpé et réduit en miettes par le démon le plus cruel et le plus sexy qui soit.

Dans la pénombre qui gagnait lentement son bureau, elle survola désespérément les e-mails, adressés à la rubrique « Demandez à Phoebe », et qu'elle avait imprimés afin de se faciliter la tâche. Dans cette collection de jérémiades et de vains désirs émanant de ses lectrices, elle espérait trouver une question qui puisse lui inspirer une réflexion pertinente. Mais ces missives tournaient toutes autour du même thème.

Elle en lut quelques-unes à voix haute : « Que faire pour qu'il me remarque ? Pour qu'il m'aime ? Pour qu'il m'épouse ? »

— Bon, ma grande, il est temps de réfléchir un peu ! chuchota-t-elle en plaquant les mains sur son visage.

Elise, sa rédactrice en chef, lui avait donné jusqu'au lendemain midi pour rendre son article. *Et si j'attendais demain matin pour l'écrire ?* L'étincelle créatrice aurait toutes les chances de l'inspirer d'ici là, non ? Fermant les yeux, elle se lança dans une visualisation positive, se projetant au lendemain huit heures, l'article enfin bouclé.

Inutile d'attendre à ne rien faire ! Je perds mon temps !

Avec détermination elle rouvrit les yeux, éteignit son ordinateur et ramassa son sac.

Sans remarquer l'ombre qui se glissait derrière la vitre opaque de la porte de son bureau, elle tira le battant et se jeta dans la salle de rédaction brillamment éclairée, fonçant tête première dans son ex-mari.

Laissant échapper un cri de surprise, elle considéra d'un air hébété le petit plateau en carton et deux tasses en plastique blanc qui menaçaient de se renverser. En un clin d'œil, elle vit les deux Surprises Double Moka se pencher, leurs couvercles glisser, et leur contenu noir et brûlant traverser l'air avec l'intention malveillante de venir tacher son nouveau chemisier en soie.

Cole prit une inspiration et le désastre en cours fut soudain intercepté. Le liquide menaçant retourna immédiatement dans les tasses qui se redressèrent avec les couvercles soigneusement remis en place.

De la magie, pensa Phoebe et reprenant rapidement ses esprits. *Cole s'est servi de sa magie dans mon bureau !*

Pourvu que personne n'ait assisté à la scène !

Phoebe entendit soudain un cri de surprise provenant de la salle de rédaction. Elle se retourna et aperçut le journaliste George Phinnagee en train d'essuyer le contenu d'un grand soda qu'il avait renversé sur son bureau, son ordinateur et ses vêtements.

Il vitupérait dans son téléphone.

— Non, non, ça va ! aboyait-il à son correspondant. Un petit accident, c'est tout… Donne-moi simplement l'adresse… Oui, oui, je m'en souviendrai.

Le reporter au cheveu rare jeta la dernière édition du journal sur la flaque qui s'était formée sur le sol et hocha plusieurs fois la tête.

— Bien... Parfait... J'ai pigé... Ouais ! Et comment j'y serai !

Phoebe recula, rassurée. Cette conversation ne la concernait pas. Le reporter, vêtu d'une vieille veste en tweed détrempée, s'occupait de la rubrique criminelle et accomplissait un travail remarquable.

— J'ai l'impression que tout le monde est un peu maladroit ici, fit remarquer Cole avec un sourire malicieux. Heureusement que j'ai de bons réflexes.

— Hum, oui, heureusement, marmonna Phoebe sur un ton de reproche. Si on peut appeler ça ainsi.

Il lui tendit les tasses.

— J'en ai pris un pour chacun. C'est celui que tu préfères, n'est-ce pas ?

Elle acquiesça automatiquement.

Passant devant elle, il se glissa dans le bureau et posa les boissons sur une table, à côté de l'ordinateur. Puis il retourna vers la porte où elle attendait, espérant qu'il repartirait aussitôt, tout en sachant que les choses n'étaient jamais aussi simples, avec lui.

— Eh bien... tu m'as l'air... Euh... c'est un nouveau chemisier ?

— Oui, et j'ai de la chance qu'il soit encore propre. Bien que je doute que la chance ait quelque chose à voir là-dedans.

Cole lui jeta un regard amusé, puis tourna les yeux

vers George et son soda renversé, avant de les reporter sur Phoebe, furieuse.

— Attends une minute ! protesta-t-il. Je n'ai rien à voir avec ça. Ce n'est que pure coïncidence.

— C'est ce que tu dis. C'est peut-être même ce que tu crois. Qui sait, c'est peut-être même la vérité. Mais il faut que tu regardes les choses en face, Cole.

— Et quelles sont ces choses ? demanda-t-il d'une voix douce et rassurante.

C'était sa voix d'avocat qu'elle ne supportait plus. Il ferma la porte afin d'empêcher George ou toute autre personne d'entendre leur conversation.

Agacée, Phoebe lui fit face, les mains sur les hanches.

— Tu as ramassé tant de pouvoirs dans le Désert du Mal ! Tous ces pouvoirs n'étaient pas censés se retrouver entre les mains d'une seule personne. Si toutefois tu es encore une personne...

— Je le suis, insista Cole. Phoebe, je suis humain. C'est ma part humaine qui m'a empêché de rester en cet endroit, de rester loin de toi plus longtemps. Je...

Elle pointa vers lui un doigt rageur.

— Ah, non, mon vieux ! Ne recommence pas à me bassiner avec cette histoire de grand amour ! Je t'ai déjà dit que c'était fini, entre nous.

Cole secoua la tête.

— Non, Phoebe, ce ne sera jamais fini, entre nous.

Elle recula d'un pas, légèrement effrayée par l'insistance de Cole.

Il laissa tomber ses épaules et sembla tout à coup perdu dans son costume gris toujours bien coupé. Quand ils sortaient encore ensemble, le cœur de Phoebe s'attendrissait toujours quand il faisait cela, parce qu'elle se l'imaginait comme un adolescent à son premier rendez-vous, ne sachant que dire ou que faire.

Cela lui donnait un air humain.

Cole soupira.

— Je veux dire que les sentiments que nous avions l'un pour l'autre ne peuvent pas disparaître ainsi. Je sais que cela rendrait les choses plus simples ou moins douloureuses, mais c'est impossible.

— Et moi je dis que ce n'est qu'une histoire de chance et de malchance et de vases communicants. D'abord, tu réussis de justesse à m'éviter un tour à la blanchisserie et une séance de guérison chez Léo. Ensuite, c'est George qui renverse son soda sur l'ordinateur et tout ce qui l'entoure. Tu évites un problème d'un côté pour en provoquer un autre ailleurs.

— Phoebe, ce ne sont pas mes pouvoirs qui ont fait ça.

— Tu ne peux pas en être certain, pas vrai ? Tu n'as pas la moindre idée de ce dont tu es capable.

Apparemment, ils ne parlaient plus de magie.

— J'en ai vraiment assez de te poser cette question, Cole. Pourquoi es-tu venu ?

Il haussa les épaules, mais n'avait plus son air de jeune humain désarmant. Son visage était sérieux.

— Il nous faut simplement du temps. Du temps

pour nous retrouver, pour nous donner une seconde chance.

— Ce n'est pas si simple que ça et tu le sais.

— Bien sûr. Aimer quelqu'un n'est jamais simple.

Avant que Phoebe puisse répondre, Cole afficha sa mine abattue et se téléporta ailleurs, laissant derrière lui d'étranges traînées d'énergie magique qui s'évanouirent rapidement.

Phoebe se retourna et jeta un coup d'œil aux cadeaux apportés par Cole. Il avait raison, les Surprises Double Moka étaient ce qu'elle préférait… du moins jusqu'à cet instant.

Phoebe prit les boissons comme si elles allaient la mordre et les jeta dans la poubelle. Puis elle s'installa de nouveau sur son siège, démarra l'ordinateur et se mit à taper.

Chère Phoebe,

Un jour j'ai vraiment commis une erreur. Je suis tombée amoureuse d'un type et j'ai tiré le mauvais numéro. Je sais, je sais, vous entendez cela tous les jours, mais permettez-moi de vous expliquer. Ce n'est pas une de ces histoires à dormir debout.

Le type dont j'étais amoureuse s'avéra être un démon. Enfin, un demi-démon. Et il collaborait avec les forces du Mal pour nous détruire, mes sœurs et moi.

Ça vous intéresse ?

Bien.

Il était l'amour de ma vie. J'ai tout abandonné pour lui. Ma famille, mes amis... Même mon rôle de sorcière car je suis l'une des trois Charmed.

Je suis littéralement descendue en enfer pour devenir son épouse.

Bien sûr, j'ai fini par reprendre mes esprits. Depuis, je fais tout mon possible pour me débarrasser de lui. Mais en vain.

J'aimerais pouvoir lui dire : « Écoute, Cole, comment veux-tu que ton absence me pèse si tu es toujours là ? »

Attendez... En fait, ça je le lui ai déjà dit !

Mais rien ne réussit. Rien de rien ! Nada. Il finit toujours par revenir pour me dire qu'il m'aime encore.

Alors que dois-je faire ? Y a-t-il une part en moi qui désire encore lui donner une chance malgré tout ce qu'il a fait ?

Je ne le crois pas. Je veux dire non.

À vrai dire... À vrai dire...

— À vrai dire, je ne sais même pas ce qui est vrai ! marmonna Phoebe en levant les doigts du clavier pour éteindre l'ordinateur directement, sans sauvegarder son fichier.

Elle ramassa son sac et les copies des lettres de ses lectrices, puis sortit du bureau, heureuse qu'il n'y ait pas de surprise, cette fois.

Phoebe s'inquiétait de savoir si quelqu'un avait pu

voir Cole entrer dans son bureau, sans jamais en repartir. Il n'y avait qu'une seule porte et un éventuel témoin aurait pu se poser des questions.

Mais il n'y avait personne dans la salle de rédaction. Ce qui n'était pas exact, d'ailleurs. George était parti, mais il restait deux types qu'elle ne connaissait pas, tout au fond de la salle, près du placard à balais. Ils avaient le regard rivé sur leur écran d'ordinateur. Des stagiaires, peut-être. Ou des documentalistes récemment embauchés. Ils étaient plutôt mignons et avaient l'air d'être des étudiants, avec leurs jeans et leurs blousons en cuir. Concentrés sur leur travail, ils n'avaient apparemment pas remarqué la disparition mystérieuse de Cole.

Phoebe poussa un léger cri en sentant ses bottines glisser sur quelque chose de mouillé et de visqueux.

Elle comprit un peu tard qu'elle venait de marcher sur le journal que George avait jeté pour éponger sa boisson renversée. Pour se rattraper, elle saisit le bord du bureau et s'y agrippa, réussissant de justesse à ne pas s'étaler sur le sol humide. Ses doigts touchèrent le téléphone que George avait utilisé un peu plus tôt.

Un vortex s'ouvrit dans son esprit.

Soudain, Phoebe ne se trouvait plus dans la salle de rédaction. La vision qui venait de la surprendre l'avait entraînée à l'extérieur, sur une petite jetée surplombant la baie, près du quartier de la marina. Un groupe de silhouettes encapuchonnées sur une espèce de plate-forme bizarre en granit gravé. Il y avait également des stèles de marbre qui auraient pu provenir d'un cimetière. La plate-forme était arrondie, avec de nombreux gradins. De longs tuyaux s'élançaient de la roche et répercutaient le bruit des vagues en produisant une espèce de musique grave et sinistre.

En regardant autour d'elle, Phoebe remarqua une architecture romaine : des colonnes imposantes, des remparts, un dôme…

Contemplait-elle quelque chose qui s'était déroulé dans le passé ?

L'appel sourd d'une corne de brume provenant d'un cargo moderne retentit dans la baie et fut repris et amplifié par l'espèce d'orgue. Apparemment, la scène se passait ici et maintenant ou dans un futur proche.

Sur la plate-forme, deux bonnes douzaines de silhouettes firent tomber leur capuche. Phoebe aperçut des cornes arrondies, des visages couverts d'écailles, des crocs acérés et des yeux scintillants écarlates. Des démons. Tous. Leurs bouches remuèrent, mais elle fut incapable d'imaginer ce qu'ils disaient. Les noms de certains quartiers malfamés parvinrent jusqu'à elle, accompagnés de quelques phrases exprimées dans un langage de sorcellerie.

Puis, juste sur sa droite, elle décela des mouvements. C'était George, le reporter spécialisé en criminologie, accroupi derrière des rochers, une caméra digitale à la main. Il s'approcha pour obtenir un meilleur angle et des cailloux se détachèrent et roulèrent sous ses pieds.

Les démons se retournèrent et l'un d'entre eux remarqua George. Il ouvrit aussitôt sa main griffue et une spirale de flammes s'échappa de sa paume, enveloppant le reporter qui hurla de douleur. Le malheureux n'avait aucun espoir de fuir son terrible destin.

Avec un frisson d'effroi, Phoebe se sentit revenir dans l'univers calme de la salle de rédaction. Les deux hommes qu'elle avait pris pour des stagiaires s'étaient levés et se dirigeaient vers elle.

— Ne vous inquiétez pas, je vais très bien ! expliqua-t-elle en leur décochant un sourire on ne peut plus forcé.

L'un des deux types était grand avec des yeux gris-bleu qui la firent penser à un chat. L'autre était plus petit, plus trapu, avec de petites mains. Il avait cependant l'air très fort, comme s'il faisait de la musculation.

— Tout va bien, c'est sûr ? s'enquit le grand tandis que le plus petit ramassait un journal sur un autre bureau pour éponger le reste de la flaque de soda.

— Oh, c'est sûrement de l'hypoglycémie. Les longues heures de travail… vous savez ce que c'est. Ne vous inquiétez pas, je vais très bien.

— Nous pourrions vous raccompagner jusqu'à votre voiture, proposa celui qui avait pris en charge le nettoyage.

Phoebe sourit, cette fois avec sincérité et reconnaissance. Le type agenouillé devant elle avait également les yeux gris-bleu. Étaient-ils frères ?

— Je vais faire un crochet par le distributeur de snacks en sortant, répondit-elle. Une barre de chocolat et je serai de nouveau en pleine forme.

Ce n'était pas la première fois que Phoebe devait

trouver des excuses pour cacher son pouvoir de prémonition.

Contournant les journaux détrempés étalés par terre, Phoebe s'empressa de quitter les lieux. Il fallait qu'elle prenne contact avec ses sœurs pour les avertir de sa vision. Il y avait un innocent à sauver et, d'après ce qu'elle avait pu entendre de la conversation du reporter avec son informateur, il n'y avait pas de temps à perdre !

Les deux inconnus de la salle de rédaction suivirent Phoebe d'un regard glacial.

— Tu as vu, Sanglot ? chuchota le grand.

Le plus petit se redressa.

— Oui, j'ai vu, Tremblement.

Ce n'étaient pas là leurs vrais noms, bien sûr. Ils n'étaient pas autorisés à utiliser leur véritable identité, par ordre du Seigneur du Noir Infini, qui détenait un pouvoir absolu sur tous les membres du clan démoniaque auquel appartenaient Sanglot et Tremblement.

Leur famille, jadis fière et régnante, avait été renversée. Maintenant, c'était à Sanglot et à Tremblement de remettre les choses en ordre.

— Le reporter n'a aucune idée de ce qui l'attend ? demanda Tremblement.

— À la fois oui et non, répondit Sanglot. Le type dont j'ai graissé la patte pour qu'il l'appelle lui a indiqué le lieu et l'heure d'une réunion entre les chefs de la criminalité surnaturelle de la ville. Et c'est à cette réunion qu'il va assister. C'était vraiment un coup de chance que la sorcière ait touché le téléphone et ait eu la prémonition du danger.

— Elle aurait eu plus de chance si elle avait vu que c'était nous qui avions manigancé tout cela, fit remarquer Tremblement.

— C'est une chance pour nous que ce ne soit pas le cas.

Le grand éclata de rire.

— Nous provoquons notre propre chance.

— Très juste. Et la malchance des autres, ha ! ha ! ha !

Démons de la Chance, Sanglot et Tremblement avaient un grand pouvoir sur les probabilités. Leur pouvoir démoniaque leur permettait de créer ou de supprimer les bonnes ou mauvaises circonstances, selon leur désir.

— Et qu'en est-il de l'autre Source ? s'enquit Sanglot. Il pourrait nous poser des problèmes. Même s'il a été vaincu par les Charmed, il est de retour avec des pouvoirs encore plus grands.

— Je suis d'accord avec toi. S'il devait comprendre que nous sommes responsables de ce qui va arriver cette nuit, il y aurait des représailles. Nous nous sommes cependant montrés prudents. Celui que nous avons payé pour passer le coup de fil ne devrait pas tarder à jouer de malchance. Une rencontre malheureuse avec un bus, je crois. Ne t'inquiète pas, tout se passera bien.

— À notre vengeance ! s'écria Sanglot en serrant le bras de son frère.

— Que justice soit faite ! ajouta Tremblement avec un sourire triomphant.

Tout était prêt. Bientôt, les Charmed et les démons qui avaient renversé le clan de Sanglot et de Tremblement allaient être vaincus.

CHAPITRE 2

Tout était parfaitement calme au *P3*, la discothèque dont Piper Halliwell était à la fois la propriétaire et la gérante.

Et ça, c'était un vrai problème !

Une discothèque devait grouiller de clients excités et bruyants, afin d'entraîner immanquablement un flux d'argent de leurs poches vers les caisses du Club.

Piper, petite brune élégante, portait un ensemble années 40, avec une touche de parfaite femme d'affaires du XXIe siècle. Décidée et sûre d'elle, elle était prête à étrangler celui qui lui avait suggéré d'organiser une soirée à thème alors qu'elle aurait pu faire venir un musicien à la mode !

— Je suis certain qu'ils vont finir par venir pour cette soirée, déclara calmement Léo en se passant la main dans les cheveux.

— Ah oui ? Ce sont les Anciens qui t'ont dit ça, mon grand ? le railla-t-elle.

Léo était beau garçon et tellement craquant qu'on avait peine à croire qu'il était mort et ressuscité en tant qu'Être de Lumière, c'est-à-dire ange gardien, plus de soixante ans auparavant. Sincèrement désolé, il rajusta son col roulé qu'il tira sur son pantalon kaki.

D'après Piper, c'était Léo qu'il fallait blâmer pour cette débâcle. Lors d'une récente incursion au *Destiny Lounge*, leur concurrent, il avait cru comprendre que le succès de ce club était dû à des soirées organisées sur le thème des années soixante. Léo avait alors suggéré que le *P3* essaie la même formule en se servant des années quarante, puisque c'était l'époque de son enfance.

Sauf que mon cher mari ne s'est pas rendu compte que le Destiny Lounge *était le lieu de tournage d'une émission, ce soir-là, ce qui expliquait la foule. Et maintenant, le* P3 *est vide et moi je suis habillée comme Edith Piaf dans sa jeunesse !*

Elle fit un effort pour se calmer.

Je suis une gentille sorcière, une gentille sorcière, une gentille sorcière, se répéta-t-elle dans sa tête. *Je ne vais pas me servir de mes pouvoirs pour désintégrer mon mari.*

Sauf s'il recommence à me proposer une de ces idées de plouc ! ajouta-t-elle mentalement.

Devant le ton sarcastique de Piper, il fronça les sourcils.

— Tu ne peux tout de même pas tout me mettre sur le dos !

Le regard que lui jeta Piper aurait pu geler sur place des quartiers entiers de la ville.

— Bon, d'accord, tu peux le faire. D'ailleurs, tu ne t'en prives pas ! continua-t-il. Mais ce n'est pas vraiment juste, n'est-ce pas ? Ce n'est pas parce que j'ai dû me téléporter dans ce *Destiny Lounge* à l'autre bout de la ville pour te rendre service et que cet endroit était plein à craquer et que je t'en ai parlé…

— Laisse tomber ! l'interrompit Piper.

Léo eut l'air désespéré.

— Je suis désolé Piper. Je pensais que si on créait une espèce d'ancienne cantine de Hollywood, ce serait vraiment l'ambiance du bon vieux temps. Sauf que j'avais complètement oublié que personne d'autre que moi ne s'en souviendrait !

Piper devina qu'une autre de ses histoires de guerre allait venir sur le tapis et elle n'était pas d'humeur à l'entendre. Elles se déroulaient généralement pendant la Seconde Guerre mondiale. Bref, pendant une autre ère, un autre siècle que celui-ci. Et elle avait horreur qu'on lui rappelle que Léo était techniquement mort. Elle était simplement reconnaissante qu'on lui ait donné une seconde chance et qu'il soit avec elle.

Il essaya de se remonter le moral en se dandinant sur le rythme de la chanson que passait le disc-jockey.

— « Boogie Woogie Bugle Boy », l'une des meilleures chansons jamais écrites ! dit-il avec enthousiasme.

Elle était numéro un au hit-parade en 1941. Je parie que tu ne le savais pas.

— Merci, Monsieur Trivia.

— Pour moi, ce n'était pas du Trivia. C'était juste une année avant de…

Il se détourna.

Une année avant d'aller se faire tuer sur le front. Piper le savait.

— Bon, bon, concéda-t-elle, radoucie. Je n'ai pas suffisamment cru à ton idée. Je ne pensais pas que ça marcherait et je n'ai fait aucun effort pour que ça marche. Voilà, tu es heureux maintenant ?

Il se retourna et lui adressa son sourire le plus ensorceleur.

— Je suis toujours heureux quand tu es près de moi…

Elle fondit.

C'était terrible. Chaque fois qu'il faisait cela, elle fondait. Elle avait horreur de ça. Mais elle était incapable de maîtriser ses sentiments pour son mari.

Et ce n'était pas si désagréable que ça, finalement.

— Mais il n'est pas trop tard, ajouta Léo. C'est peut-être parce que les gens sont timides et attendent un peu pour ne pas être les premiers sur la piste de danse… Il suffirait de montrer l'exemple.

Piper croisa les bras.

— Pas question, mon vieux. Tu ne me feras pas danser.

— Allez, viens, juste une ! Qu'est devenue la fameuse Piper La Fonceuse ?

— Si tu pouvais éviter de te moquer de moi !

— En tout cas, tu es supeeeerbe ! dit-il en exagérant sa prononciation.

— Oh, mon chéri, comme tu es gentil. Je t'adore, murmura-t-elle.

— Moi aussi.

— Mais je ne danserai pas.

— Quel dommage !

Avant que Léo puisse ajouter quoi que ce soit, une petite brune dévala l'escalier en pianotant sur les touches de son mobile.

— Je n'arrive pas à le croire ! maugréa-t-elle. Je n'en reviens pas !

— Ouf, sauvée par Phoebe ! dit Piper, soulagée.

Léo chantonna quelques airs de la dernière sélection du disc-jockey. « Sentimental Journey ». Piper dut admettre qu'il était vraiment adorable. C'était sa chanson préférée de l'époque. Elle avait d'ailleurs entrepris quelques recherches sur Internet et avait découvert que la chanson n'avait pas été enregistrée avant 1944 et que Léo n'avait donc pas pu l'entendre avant d'être envoyé au front. C'était pourtant ainsi qu'il se rappelait cette époque et c'était si important pour lui qu'elle n'avait pas le cœur à se moquer des défaillances de sa mémoire.

Phoebe se précipita vers eux.

— Nous avons un problème. Pendant tout mon trajet jusqu'ici, j'ai essayé de vous téléphoner pour vous prévenir, mais mon portable n'arrête pas de s'éteindre. Je n'ai vraiment pas de chance, ce soir !

— Les choses ne sont guère plus encourageantes ici, se plaignit Piper en jetant un regard noir à Léo.

— Alors nous avons tout notre temps pour sauver un innocent, suggéra Léo. S'il y en avait deux... ou même trois.

— Douze ! l'interrompit Piper.

Phoebe expliqua la situation.

— Seulement, je ne sais pas où il faut aller, avoua-t-elle pour conclure.

Léo éclata de rire.

— C'est facile. L'endroit que tu as décrit doit être le Palais des Beaux-Arts, là où se trouve l'Exploratorium. La plate-forme que tu as vue est appelée l'Orgue des Vagues. Je m'y rends de temps à autre pour écouter le bruit de la mer. Il faut être parfaitement silencieux pour pouvoir l'apprécier. C'est un peu comme...

Il leva la tête vers le plafond et exécuta quelques mimiques.

— Comme là-haut ? demanda Phoebe.

— Oui, tout là-haut, répondit-il avec impatience.

— Oh ! D'accord ! Des ailes, des chansons douces et tous ces petits angelots ! dit Phoebe. Trop peu pour moi ! Je veux que ma vie dans l'au-delà soit aussi agitée que du rock and roll !

— Pour toi, je suis sûr que ça le sera, rétorqua Léo. De manière positive, bien sûr, s'empressa-t-il d'ajouter.

— Où est Paige ? demanda Phoebe. D'après ce que j'ai pu voir, nous aurons sans doute besoin du Pouvoir des Trois.

— Elle avait un cours, ce soir, annonça Piper.

— Bon, alors allons la rejoindre ! décida Phoebe. Nous n'avons pas une seconde à perdre.

Piper acquiesça. Pour la première fois ce soir, elle regretta de s'être plainte que les choses étaient un peu trop calmes, au Club.

Très vite, il allait y avoir un maximum d'animations !

Paige Matthews, demi-sœur de Piper et de Phoebe, et en partie Être de Lumière, était installée sur une chaise étroite à l'université populaire. Laborieusement, elle prenait des notes sur un cours de généalogie.

Aïe ! Si j'avais su que cela demanderait autant de travail !

La superbe rousse considéra avec un air effaré les lignes qu'elle venait de griffonner sur les polycopiés distribués par le professeur en début du cours. Des torrents de mots au stylo rouge grimpaient, dégringolaient ou tournaient en spirale, passant des caractères d'imprimerie aux pattes de mouche sur une même feuille. De toute évidence, Paige mettait un point d'honneur à utiliser la moindre parcelle du papier mis à sa disposition.

Les études et le travail n'effrayaient pas Paige. Elle avait longtemps travaillé comme assistante sociale, puis s'était entièrement dédiée à l'étude approfondie des arcanes de la magie qu'elle avait trouvées passionnantes. Puis, pour s'amuser, elle s'était inscrite à ce cours.

À moins que ce soit pour une autre raison…

La petite salle de classe était à moitié vide. Paige se demanda si le professeur, un grand olibrius en veste de tweed usée jusqu'à la corde, ne se défoulait pas d'avoir si peu d'inscrits sur les quelques malheureux qui avaient commis l'erreur de venir. Louis Lasher était en train de tracer un croquis complexe sur le tableau noir et il avançait tellement vite que Paige regretta de ne pas lui avoir emprunté ses notes de cours pour les photocopier.

Pourtant, tout en copiant sur le tableau, elle prenait le temps de jeter des regards discrets sur le bel Asiatique assis à côté d'elle. Il était jeune, possédait une belle carrure et des traits dignes d'un mannequin.

— Ben Kwatsai, dit-il sans regarder vers elle.

Paige se ressaisit, puis se tourna carrément vers lui. Il souriait.

— Je suis prof de gymnastique, dit-il doucement. Dans ce genre de métier, il est important de développer sa vision périphérique.

— Oh, et vous avez cru que je vous épiais ?

— En effet, oui.

— Et cela vous dérange ?

— Non.

Paige se sentait déjà mieux dans ce cours.

— En fait, je suis ce cours pour essayer d'en savoir plus sur ma famille.

— Moi aussi. Je viens seulement d'apprendre que j'ai été adopté et…

Leur professeur se tourna vers eux, le visage cramoisi.

— Si vous n'êtes pas ici pour apprendre, je vous prierais d'aller flirter ailleurs !

Ben hocha la tête, considérant favorablement cette offre, puis se tourna vers Paige pour murmurer :

— J'ai déjà repéré tous ces éléments sur Internet et je pourrais vous l'enseigner bien plus rapidement. Voulez-vous qu'on aille à la bibliothèque ?

Ben ramassa ses affaires, imité par Paige. Quelques minutes plus tard, ils traversaient le campus, riant encore de la tirade de M. Lasher quand ils lui avaient annoncé qu'ils allaient effectivement quitter le cours. D'ailleurs, en tendant l'oreille, ils pouvaient encore l'entendre vitupérer à plus de trois cents mètres.

La bibliothèque était très spacieuse et ses occupants plutôt rares. Ben et Paige s'installèrent à une longue table sur laquelle s'alignaient une douzaine d'ordinateurs. La jeune sorcière était très impressionnée par les longs doigts de Ben qui dansaient sur les touches du clavier avec une grâce qu'elle n'aurait pas soupçonnée chez un professeur d'éducation physique. Son assurance était sidérante. Elle remarqua d'ailleurs que plusieurs jeunes femmes le regardaient avec convoitise.

Bas les pattes ! pensa-t-elle en souhaitant qu'elles disparaissent. *Il est à moi.*

— Je sais ce que c'est que d'avoir deux familles, dit Paige, se sentant parfaitement à l'aise avec cet homme, comme s'ils se connaissaient depuis toujours. Pendant mon enfance, j'évitais toujours les conversations où on mentionnait oncle machin et grand-mère truc et maintenant…

— Maintenant, tu as envie de savoir, mais il n'y a plus personne pour te renseigner.

Elle acquiesça et se trouva rapidement en train de répondre à une série de questions sur son passé. Ben était entré dans plusieurs bases de données auxquelles il avait donné un mot de passe en expliquant à Paige qu'il avait payé ces abonnements afin d'avoir accès à leurs informations.

— C'est parfaitement légal, précisa-t-il. C'est juste une manière de profiter des raccourcis que ces gens peuvent nous proposer.

— C'est super ! s'enthousiasma-t-elle.

Que répondre d'autre ? Ce type était absolument parfait pour elle… Ce qui était bien sûr complètement fou puisqu'elle venait à peine de le rencontrer.

— Donne-moi encore une seconde ou deux, dit-il en continuant à taper à une vitesse vertigineuse. Je pense que nous allons avoir de la chance.

— Je crois que j'en ai déjà, murmura-t-elle en résistant difficilement à l'envie de poser son visage sur l'épaule protectrice de Ben.

Il sourit sans faire de commentaire, puis tapa encore quelques mots avant de lui céder la place.

— Et voilà.

Paige arracha ses yeux de Ben pour se concentrer sur l'écran. Il avait fait apparaître un article d'un vieux journal de Los Angeles. Bouche bée, elle s'agrippa à l'avant-bras de Ben, sentant le besoin impérieux de s'ancrer à lui tandis qu'elle restait fascinée par le visage qui lui faisait face, sur l'écran.

C'était elle !

La femme sur la photo de l'article datant de l'époque de la Seconde Guerre mondiale lui ressemblait d'une manière frappante. Seuls la coiffure et les vêtements étaient légèrement différents.

— On dirait une actrice de cinéma, fit remarquer Paige, encore ébahie.

— D'après l'article, c'en était une.

— Vraiment ?

Ben lut à haute voix :

— « Penny Day Matthews vient de signer un contrat avec les Studios Osiris pour le premier rôle dans *Nuits d'Étoiles*, un film romantique mettant à l'honneur nos soldats sur le front et les femmes qui les aiment. »

— Ainsi, Penny Day était ma… ma quoi ? demanda Paige, curieuse de connaître son lien avec cette femme superbe.

— D'après ce que j'ai pu voir sur les autres sites, elle était ta grande-tante du côté de ton père adoptif.

Paige s'assit, troublée.

— Mais ça ne tient pas debout. Elle me ressemble. Comment est-ce possible puisque j'ai été adoptée par cette famille ?

— Le passé est un mystère, répondit calmement Ben. Le mien est d'un compliqué ! J'essaie de me renseigner un maximum sur mes parents biologiques avant de décider si je veux aller les voir ou non. Je pense que mes parents étaient internés dans un camp pendant la guerre. J'aimerais savoir quel impact cela a eu sur eux, si c'est cela qui les a encouragés à m'abandonner… Je ne sais pas. Mais je veux savoir. J'ai toujours trouvé qu'il était important d'en connaître le plus possible sur les gens avant de les laisser complètement entrer dans votre vie.

— Allons donc ! Tu ne crois donc pas au hasard ? Ou au destin ?

— J'avoue ne pas trop savoir où j'en suis.

— Et la chance ? Tu avais parlé de chance, tout à l'heure.

Il sourit et lui prit soudain la main pour la baiser avec le respect d'un preux chevalier.

— Ah… la chance ! Ou même la malchance… C'est parfois tellement compliqué !

Avec l'impression que son cœur allait sauter hors de sa poitrine, Paige essayait de trouver une réplique. Soudain, elle aperçut ses sœurs et Léo courir vers elle. Phoebe tapait furieusement sur son portable pendant que Piper levait les yeux au ciel, excédée.

— Salut Paige, commença Léo. Est-ce qu'on pourrait te voir une minute ?

Elle reconnut aussitôt l'expression de l'Être de Lumière qui signifiait : « Il y a des problèmes, on a besoin de toi » et laissa échapper un soupir résigné. Tirant une feuille de l'imprimante, elle y inscrivit son numéro de téléphone et le tendit à Ben.

— Tu m'appelles ?

— Je serais idiot de ne pas le faire, la rassura-t-il. Et je ne suis pas idiot.

Une minute plus tard, ils étaient à l'extérieur.

— Tu n'es pas allée en cours ? fit observer Piper. Heureusement que Léo peut te localiser !

— En tout cas, je suis là, maintenant. Que se passe-t-il ?

Léo et les deux autres Charmed la mirent rapidement au courant.

— Je suppose que les démons ont dû graisser la patte aux gardiens ou même les éliminer, dit Léo. Ce qui expliquerait pourquoi ils ont pu se rassembler à cet endroit que Phoebe a vu dans sa vision.

— Je croyais qu'ils aimaient les garages, les allées obscures ou les entrepôts déserts, fit remarquer Paige, peu ravie de voir sa soirée avec Ben écourtée.

Mais les responsabilités des Charmed passaient toujours en priorité.

— Il se peut qu'il y ait une confluence mystique à cet endroit précis, dit Léo. Cela explique peut-être pourquoi la musique y est si belle et si apaisante pour l'âme.

— Belle et apaisante, tu parles ! intervint Piper. Des démons ? Mauvaise nouvelle ! Des démons qui se rassemblent en un lieu magique ? Très mauvaise nouvelle ! Et un innocent qui doit être sauvé d'une bande de démons furieux de nous voir intervenir ? Nouvelle catastrophique !

— Que savons-nous sur ces démons ? s'enquit Paige en jetant un coup d'œil tout autour pour s'assurer qu'il n'y aurait pas d'oreilles indiscrètes.

Léo la renseigna pendant que Phoebe abandonnait son mobile apparemment maudit et le jetait dans son grand sac à main. Elle en extirpa quelques potions et des sortilèges qu'elle avait hâtivement préparés, sachant qu'il y aurait forcément des démons à confronter.

— On a essayé de t'appeler, mais aucun de nos portables ne fonctionne, dit Phoebe. Quelle malchance ! Je commence à croire que quelqu'un leur a jeté un sort.

Piper haussa les épaules.

— À moins qu'on ait tous été trop occupés pour penser à les recharger !

— Bon, moi je me sens parfaitement rechargée, en tout cas ! annonça Paige en saisissant les mains de ses sœurs. On y va !

Léo acquiesça et s'approcha d'elles. Les quatre silhouettes furent enveloppées dans un scintillement bleu et blanc… puis disparurent.

CHAPITRE 3

Léo se tenait seul dans l'obscurité près de l'eau, attendant que le reporter, George Phinnagee, arrive à l'endroit précis où Phoebe l'avait vu dans sa vision. Il avait hâte d'être aux côtés de sa femme. Piper, Phoebe et Paige, quant à elles, s'étaient postées sur les flancs du groupe de démons encapuchonnés. Ils se tenaient sur l'immense pierre oblongue qui constituait la majeure partie de l'Orgue de la Mer. Le plus grand désir de Léo était de protéger la femme qu'il aimait. Hélas, il savait aussi qu'il provoquerait plus de dégâts dans l'ordre naturel des choses s'il tentait de s'opposer à la volonté des Anciens et du destin en s'interposant entre Piper et ce qui l'attendait.

Même s'il était mort soixante ans plus tôt, devoir faire ce choix donnait à Léo l'impression de mourir une seconde fois. Il n'était pas toujours facile de rester dans l'ombre pour la guider de loin, de garder son calme quand les esprits s'enflammaient. Piper n'était pourtant pas sans ressources. Elle était l'une des trois sorcières les plus puissantes encore en vie. Piper avait sauvé la vie de son mari autant de fois que lui-même avait sauvé celle de sa femme.

Pouvoirs, sens du devoir, responsabilités partagées, lien profond entre deux êtres… tant de choses qui leur avaient déjà permis de surmonter bien des ennuis.

Et pourtant…

Lorsqu'il avait été médecin pendant la Seconde Guerre mondiale, les ennemis qu'il devait alors combattre étaient les blessures, les maladies et la mort. Depuis, il était ressuscité en tant qu'Être de Lumière, un ange gardien pour les sorcières et toutes sortes de gens : d'autres Êtres de Lumière potentiels, des personnes menacées par les démons à cause des bienfaits qu'elles avaient accomplis ou allaient accomplir dans leur vie.

Au cours de sa seconde vie, il avait combattu les ténèbres sous des formes multiples avant qu'on mette les Charmed sous son aile. Il avait sauvé beaucoup de vies, non seulement en écartant du Mal et de ses nombreuses tentations ceux qu'il protégeait, mais également en remontant ses manches et en se lançant dans la bagarre.

Ce soir, il pouvait sentir une force extrêmement puissante émaner des silhouettes enveloppées dans ces capes. Ils avaient affaire à des démons moyens ou supérieurs, des créatures ayant le pouvoir de tirer force et énergie mystique des vivants, des morts et de la Terre elle-même. Il n'y avait rien d'étonnant à ce qu'ils aient choisi cet endroit pour se réunir. Cette structure ne servait pas seulement d'amplificateur aux sons lénifiants de la nature, mais il augmentait également le potentiel magique de ceux qui se tenaient à son sommet… et des forces qu'ils pouvaient libérer.

Bref, c'était aussi dangereux que l'Enfer.

Il y eut une certaine agitation et Léo jeta un coup d'œil de sa cachette. Malgré son incroyable agilité, on remarquait sans peine l'homme à la veste de tweed, dans cet environnement de capes.

Le reporter était arrivé.

Espérant que Piper et les autres étaient prêts, Léo se précipita et attrapa le reporter par la veste. Il entoura sa poitrine d'un bras pour bloquer l'appareil photo dont il voulait se saisir et musela sa bouche de l'autre afin de l'empêcher d'attirer l'attention des démons par ses cris.

— Faites-moi confiance, souffla Léo. Quand vous saurez ce qui se passe réellement, vous me remercierez.

Sur ces mots, il se téléporta avec le reporter dans les bras. Les tintements qui accompagnaient généralement la téléportation furent amplifiés, ressemblant d'avantage à des cris qu'à des murmures de clochettes.

Phoebe retint sa respiration quand les démons se tournèrent vers les bruits étranges et les traînées de lumière laissés par le départ de Léo. Avec ses sœurs, elle s'était accroupie de l'autre côté de la plate-forme. Le sol était mouillé et visqueux, impitoyable pour leurs vêtements et leurs chaussures.

Voilà ce qui arrive à ceux qui combattent le Mal !

Ils auraient simplement pu se contenter d'enlever l'innocent reporter et laisser les démons à leurs occupations, mais quelque chose d'énorme et de maléfique se déroulait en ces lieux. Tant de démons ne se rassemblaient pas ainsi pour un simple pique-nique !

Il y avait cependant quelque chose d'étrange. Cette fois, Phoebe fut capable de comprendre plus que de simples bribes de conversation entre les démons. Oui, ils mentionnaient des territoires de criminalité à travers tout San Francisco et il semblait que chacun d'entre eux régnait sur un syndicat du crime surnaturel de ces territoires. Mais ils se chamaillaient, exigeaient de savoir qui avait organisé ce rassemblement et pourquoi. Bonne ou mauvaise, aucun d'entre eux ne voulait revendiquer cette initiative.

Cette réunion avait-elle pu être fomentée par quelqu'un d'autre ?

Qui ?

— Il est temps d'agir, chuchota Piper. Rappelez-vous ce qu'a dit Léo ! Toute magie utilisée ici sera au moins multipliée par dix. Cela pourrait peut-être expliquer leur présence ici. En s'attaquant entre eux, ils pourraient littéralement s'exploser en feu d'artifice. Alors il vaut mieux soigneusement choisir votre cible et anticiper les résultats.

— À vos ordres, sergent Piper ! plaisanta Paige avec un semblant de salut militaire.

Les trois sœurs quittèrent leur cachette. Phoebe était en train de se transporter par lévitation jusqu'à la plate-forme quand les démons encapuchonnés se tournèrent vers elle. Aussitôt, elle jeta une potion générique anti-démons vers eux et se propulsa en l'air, évitant de justesse une épée qui venait de surgir de sous la cape de l'un des démons. Quand elle retomba sur ses pieds, ses sœurs entonnèrent une incantation de protection tandis que la petite fiole en verre contenant la potion éclatait en plein milieu du rassemblement de démons.

La potion s'enflamma et un écran violet se dressa entre les sœurs et la scène de chaos qui se déroulait sous leurs yeux. Un grondement de tonnerre accompagné d'un éclair écarlate de pure énergie engloutit deux démons qui furent incinérés sur place. D'autres furent projetés en l'air ou jetés à terre par la force de l'explosion. Une fois le bouclier protégeant les sœurs verrouillé, la puissance de destruction des Charmed s'était déchaînée, plus dévastatrice encore qu'elles ne l'avaient espéré.

L'onde de choc passée, Piper et Paige retirèrent l'écran et se lancèrent dans la bataille, Phoebe sur leurs talons.

— Hé ! Toi le vilain cornu ! hurla Phoebe à un horrible monstre recouvert d'écailles qui la considérait d'un air mauvais. Essaie un peu ça, pour voir !

Elle lui envoya un coup de pied tournant qui le frappa juste sous son groin puant, provoquant un *crack* révélateur. Sa tête fut projetée en arrière et il tituba vers l'un des siens tandis que Piper dressait les deux mains vers eux.

— Attention ! hurla-t-elle à l'intention de ses sœurs qui plongèrent aussitôt à couvert.

D'une rotation de ses poignets, elle fit exploser les deux démons en un fracas qui fit trembler toute la plate-forme.

Phoebe esquiva de justesse une pluie de débris de démons, où se mêlaient d'immenses dents aussi tranchantes que des rasoirs et des tessons d'os acérés. Ces centaines de projectiles tourbillonnaient à une vitesse vertigineuse.

D'un autre geste, Piper figea tout ce petit monde qui s'immobilisa comme si quelqu'un avait appuyé sur le bouton « pause » d'un magnétoscope.

Elle courut rejoindre ses sœurs derrière un rocher. Piper s'apprêtait à redonner vie à la scène quand Paige interrompit son geste en posant la main sur son poignet.

— Attends un peu, dit-elle.

— D'abord, j'ai horreur d'attendre ! Et en plus je viens de massacrer une paire de nouvelles chaussures, rétorqua Piper assez sèchement.

Elle allait poursuivre son geste, mais Paige se jeta à genoux à côté d'elle.

— Attends, je t'en prie ! Écoute, tes pouvoirs ne fonctionnent généralement pas avec autant de force. Ça laisse parfois un peu de poussière, mais pas un tas de gélatine gluante, pas vrai ?

— Qui sait ? répondit Piper. Ce doit être dû au facteur amplifiant de cet endroit. Dans la mesure où ils sont morts et que leurs déchets n'encombrent pas mon salon, je m'en fiche éperdument.

Phoebe évalua la situation.

— Peut-être devrions-nous les détruire pendant qu'ils sont figés devant nous. C'est tout de même beaucoup plus simple quand ils ne résistent pas.

— Oui, mais c'est aussi beaucoup moins rigolo ! fit remarquer Piper.

Sans attendre, elle remua les poignets et les trois sorcières entendirent des cris et des hurlements. Elles virent d'autres démons s'effondrer sous les débris qui ne cessaient de pleuvoir sur les silhouettes encapuchonnées encore debout.

Paige sauta hors de son abri.

— Dans ce cas, je vais voir ce que je peux faire !

Elle tendit une main.

— Épée !

Une épée scintillante disparut des mains de l'un des démons et se matérialisa entre celles de Paige tellement rapidement qu'elle faillit ne pas avoir le temps d'en saisir la poignée. Heureusement, ses réflexes étant démultipliés par l'environnement particulier des lieux, elle put la saisir et la pointer devant elle.

— Et tiens ! Je te la renvoie, mon grand !

L'épée miroita, disparut pour réapparaître dans la poitrine du démon qui venait d'en être dépossédé. Avec un hurlement de douleur, celui-ci s'effondra sur le sol.

Phoebe se lança dans la bagarre, distribuant coups de poing et coups de pied dans tous les sens, avec une force et une rapidité qu'elle ne se connaissait pas.

Quelque chose clochait. C'était trop facile.

Résignée, elle jeta une potion bien moins puissante et anéantit un autre démon.

Il était possible que les courants énergétiques qui se concentraient en ces lieux tendaient vers le service du Bien, expliquant l'aisance avec laquelle se déroulait ce combat.

À moins que la chance soit enfin de leur côté !

— Mais ce n'est pas ici que je voulais aller ! grommela Léo en considérant d'un air troublé la grotte sombre dont les parois étaient éclairées par des torches et des brasiers.

Le reporter s'arracha de l'emprise de Léo, ôta sa casquette, rajusta sa veste trop étroite avant de darder sur lui son regard perçant gris-bleu.

— Peut-être n'avez-vous pas eu de chance, mon cher. Mais ne vous en faites pas. Ça peut arriver à tout le monde, un jour ou l'autre.

Cet homme était plus jeune que ne l'avait décrit Phoebe et sa tête était couronnée d'une épaisse tignasse couleur paille. Il semblait également très bien bâti et sa chemise blanche était prête à éclater sur les muscles impressionnants de son torse et de ses bras.

— Une minute ! s'inquiéta Léo en se rendant compte qu'il s'était trompé de cible. Qui êtes-vous ? Je ne comprends pas…

L'homme aux yeux gris-bleu sourit.

— N'importe qui peut influencer le futur, pas seulement vous ou les Charmed.

— Vous n'êtes pas le reporter. Vous n'êtes pas George.

Léo recula d'un pas, cherchant des yeux un objet qui puisse lui servir d'arme.

— Vous n'avez pas tort, répondit l'homme. Appelez-moi Sanglot. Sire Sanglot. Ce soir peut-être, quand tout cela sera terminé, je pourrai vous révéler mon vrai nom. Pour l'instant, cela m'est encore magiquement interdit, vous comprenez. Ma langue deviendrait de l'acide si je déclinais ma véritable identité.

À ces mots, l'homme fit claquer un doigt et ses vêtements se métamorphosèrent. Il portait maintenant un pantalon étroit noir pris dans des bottes de cuir, un col roulé noir à manches longues ainsi qu'une chaîne en or à laquelle brillait le symbole satanique.

C'était un démon.

— Il y avait tant d'ondes maléfiques à cet endroit que je vous ai pris pour un autre, rétorqua Léo en se rendant compte de sa méprise.

— C'est pas de chance… concéda le démon.

Léo tenta de se téléporter ailleurs, mais la lumière scintillante qui se dégageait de lui faiblit et s'évanouit à trois reprises. C'était incompréhensible ! Il était aisément arrivé à se téléporter jusqu'ici, alors pourquoi ne pouvait-il plus en repartir ?

Il jeta un coup d'œil autour de lui. La caverne rocheuse avait eu plusieurs issues, mais on avait l'impression qu'un éboulement les avait toutes condamnées.

Impossible de sortir.

Il était pris au piège comme un rat.

— Mon frère et moi savions que vous ne pourriez pas résister à l'appât que nous avions mis en place pour vous-même et ces charmantes demoiselles. Un innocent à sauver ? Des démons à combattre ? Voilà un piège parfait pour les Charmed et leur Être de Lumière !

— Pourquoi avoir fait cela ? Qu'est-il arrivé au reporter ?

— Oh, il va très bien. Il a eu trois crevaisons sur son chemin jusqu'ici. Quelle malchance, pas vrai ?

— Que va-t-il arriver à Piper ?

— Vous avez bien d'autres soucis, mon cher, chuchota Sire Sanglot en retroussant ses manches.

Sous ses avant-bras étaient fixées deux pointes argentées.

— J'ai pris ces flèches à des Êtres des Ténèbres qui ont rencontré un destin funeste, les pauvres ! Une fois de plus, me direz-vous, pas de chance ! Pour eux, en tout cas.

Leo secoua la tête. Pour lui, il n'y avait rien de plus important que de protéger sa femme chérie et ses deux sœurs. Quand le démon fonça vers lui, les pointes en avant, dans cet espace confiné sans issue, il hurla :

— Piper ! Paige !

Il tentait de les contacter par télépathie, espérant atteindre au moins Paige, puisqu'elle était un demi-Être de Lumière.

— Paige ! Tu m'entends ? insista-t-il avec impatience.

Mais déjà le démon sautait sur lui.

Caché par un mur d'ombres, Sire Tremblement assista au combat sur l'étrange plate-forme. Les Charmed se battaient d'une manière presque décontractée, comme si elles tiraient un certain plaisir à tester les nouvelles dimensions de leurs pouvoirs. Elles semblaient se régaler. Mais elles n'avaient pas remarqué que chaque démon détruit était immédiatement remplacé par un autre. Bien entendu, cela était dû à la nature des démons qu'elles combattaient et à cet endroit magique qui amplifiait tous les pouvoirs durant la bataille. Le Seigneur du Noir Infini tirait son pouvoir de ce lieu pour augmenter son aptitude à nuire.

En d'autres termes, plus les Charmed développaient de pouvoir pour se battre, plus les démons tiraient d'elles du pouvoir pour se reconstruire et se renforcer après chaque destruction. C'était un combat que les Charmed ne pouvaient pas gagner, c'était aussi simple que cela ! Et puis, les sorcières possédaient davantage d'énergie magique que le Seigneur du Noir Infini, bien trop avide, ne pouvait maîtriser.

Ainsi, les Charmed seraient très rapidement épuisées et détruites tandis que le Seigneur du Noir Infini, dépassé par tant de pouvoir, serait également détruit comme par overdose.

Sire Tremblement craignait que l'Être de Lumière comprenne ce stratagème et téléporte ses protégées à temps hors du combat. Sire Sanglot avait donc retiré Léo du jeu. Bien entendu, il restait encore Paige qui avait le pouvoir de téléporter ses sœurs hors de danger si elle comprenait la situation…

Tirant un vieux pistolet d'argent de sous sa cape, Sire Tremblement le pointa vers Paige. Puis, concentrant son pouvoir, il murmura des mots magiques en appuyant sur la gâchette.

Quand la balle vint frapper sa tempe, Paige laissa échapper un gémissement et s'écroula sur le sol comme une poupée de chiffon. En voyant leur sœur atteinte, les deux autres envisagèrent de se porter à son secours, mais les démons qu'elles combattaient ne l'entendaient pas ainsi. Voyant Phoebe et Piper distraites, ils multiplièrent l'ardeur de leurs attaques afin qu'elles soient obligées de se battre en ignorant si leur demi-sœur était morte ou vivante.

Inquiètes, elles se battirent avec une rage nouvelle, ne faisant qu'accélérer l'issue qui les guettait. Sire Tremblement, quant à lui, allait s'assurer que Paige ressuscite juste à temps pour une dernière incantation du Pouvoir des Trois.

Et alors, tout serait terminé.

Parfait ! C'était exactement ce que Tremblement avait manigancé.

— Bravo, mon cher ! De la belle ouvrage ! murmura une voix rauque juste derrière lui.

Surpris, Tremblement se retourna et se retrouva face à face avec Cole Turner, ancien démon nommé Balthazar, Source de tous les Maux, en costume sombre à rayures.

— Tu n'as rien à faire ici ! protesta le démon filiforme en dévisageant Cole.

— Quel dommage ! répondit Cole, prêt à se battre. Quelle malchance, n'est-ce pas ?

— Les probabilités compliquent toujours tout. Les crapules ne sont jamais les bienvenues !

— Oh, toi et mon ex-épouse ! Toujours à me dire où je dois ou ne dois pas me trouver !

Cole matérialisa une boule de feu dans sa main et la lança en direction de Tremblement.

Mais son pied glissa sur la roche et la boule partit sur le côté, frappa un démon en train de se battre contre l'une des Charmed, le détruisant instantanément.

Démultipliée au centuple par ce lieu étrange, la puissance de la boule se transforma en une extraordinaire sphère de feu écarlate, touchant tous les autres démons. Par une chance inouïe, la fournaise épargna les trois sorcières.

Sire Tremblement se retira dans l'ombre en souriant. D'après ses calculs, en prenant en compte l'intrusion inattendue de Cole, il avait malgré tout gagné. Sa tâche, ici, était accomplie. Il vit que Cole se tournait vers lui pour l'affronter, mais il avait déjà disparu avec un rire diabolique.

Piper se précipita vers Paige qui se relevait péniblement.

— Tout va bien, annonça Piper à Phoebe. Elle va s'en sortir. Léo ? Léo !

Quelques secondes passèrent et Léo n'apparut pas.

— C'est bizarre, dit-elle, inquiète.

— Oui, et ce n'est pas la seule chose bizarre, fit

remarquer Phoebe en se tournant vers son ex-mari. Cole ! Que fais-tu ici ?

Renouant sa cravate, Cole sauta sur la plate-forme.

— J'essaie de me rendre utile. Pourquoi ?

— Est-ce que tu me suivais ?

— C'est vraiment important ?

— Oui ! Je veux le savoir !

Cole fit une grimace.

— Bon. Je sentais que tu avais des problèmes. Ne me demande pas comment. Je savais simplement où te trouver.

Un instant, Phoebe pensa que c'était la manifestation de l'un de ces nombreux pouvoirs que Cole avait rapportés du monde inférieur et qui faisaient de lui un être mutant, moitié démon, moitié humain.

Piper était d'un autre avis. Elle pâlit.

— Léo. C'est Léo qui a dû l'envoyer !

— Mais pourquoi ne viendrait-il pas lui-même ?

— Peut-être a-t-il eu un appel des Anciens. Allez savoir !

Encore allongée sur les coudes, Paige fit un geste en direction de ses sœurs.

— Attention, derrière vous… on a de la compagnie.

Phoebe fit volte-face et découvrit les démons qu'elles avaient déjà vaincus revenir à la vie et se rassembler pour les attaquer.

— Oh, ça c'est mauvais signe. Vite, Léo ! On a besoin de toi ! Immédiatement !

Phoebe et Cole aidèrent Paige à se relever et, quelques

secondes plus tard, ils étaient encerclés de démons prêts à se jeter sur eux.

— Paige ! Sors-nous de là tout de suite ! ordonna Piper.

Paige dodelina de la tête.

— Je n'y arrive pas. Pas encore…

— Bon, alors je vais le faire, intervint Cole.

Il leva une main, comme pour accomplir un geste magique, mais Phoebe l'arrêta.

— Non merci, pas de magie démoniaque ! dit-elle avec fermeté.

Cole écarquilla les yeux, furieux.

— Mais Phoebe ! Combien de fois va-t-il falloir te le répéter : je ne suis plus au service du Mal !

— Oui, mais tes pouvoirs restent maléfiques, intervint Piper. Phoebe a raison. Nous avons vaincu ces créatures une fois, on peut y arriver encore.

— Bon, répondit Cole en créant une nouvelle boule d'énergie. Si c'est ce que voulez, détruisons-les une fois pour toutes !

Léo se battait comme un lion contre le démon à la musculature imposante. Jusque-là, il avait eu la chance d'éviter les lames tranchantes de son adversaire. Mais il avait l'impression que c'était voulu ainsi, que son ennemi s'amusait avec lui, se délectant d'avoir un représentant du Bien sur le ring, en face de lui.

— Cela fait très longtemps que nous préparons cette opération, Être de Lumière, déclara Sire Sanglot tandis que les lames lacéraient la chemise de Léo sans toucher sa peau. Ces démons, que tes très chères Charmed combattent avec tant d'assiduité, sont les seules barrières qui se dressent encore entre mon clan et le pouvoir qui devait être le nôtre, au lieu de la honte et de l'exil qui nous ont été imposés.

— L'exil et la honte ? répéta Léo en sautant en arrière, toujours en quête d'un objet qui pourrait lui servir d'arme. Ça doit être l'horreur ! Et qui sont ces types qui vous ont infligé ce sort ?

— Je ne vois pas en quoi cela vous concerne. Mais votre optimisme m'amuse. Vous vous imaginez peut-être pouvoir sortir d'ici vivant afin de venir en aide aux trois sœurs ? Cela ne risque pas d'arriver !

— Oh, riez à mes dépens si ça vous amuse ! Je vous en prie, ne vous gênez pas ! D'ailleurs, je vous trouve plutôt bavard pour un démon !

Celui-ci enfonça une lame juste à côté de la tête de Léo. Il avait pu l'éviter à la dernière seconde. Attrapant l'autre bras du démon, Léo le tordit vers l'arrière et entendit un craquement satisfaisant. Sanglot hurla de douleur en secouant son bras blessé. Le cri ricocha lugubrement sur les parois de la grotte, mais fut aussitôt suivi d'un rire diabolique.

Le démon avançait en agitant un bras déjà guéri.

— Ah, vous m'avez bien eu ! fit remarquer Léo en reculant d'un pas pour prendre ses distances. Bon, parlez-moi de ces gens qui font des misères à votre clan !

— Ce sont les Seigneurs du Noir Infini, répondit

Sire Sanglot, l'air moins fringant. Et seuls des guerriers détenant le pouvoir des Charmed peuvent en venir à bout. Bien sûr, sur ce champ de bataille que nous avons choisi, personne ne survivra aux terribles forces qui seront déchaînées.

— Et vous me retenez ici afin que je ne puisse pas téléporter les Charmed hors de ce charnier à la dernière seconde, c'est ça ?

— Exactement. Et Paige, celle qui est à demi Être de Lumière… on s'est déjà occupés de son cas.

Occupés de son cas… Qu'est-ce que cela pouvait bien dire ? Il fallait qu'il se débarrasse au plus vite de ce Sire Sanglot ! Mais son arme était redoutable et cette grotte l'empêchait de se défendre correctement. Le démon avait l'avantage.

Mais il y avait quelque chose que Léo ne s'expliquait pas. Pourquoi était-il arrivé à se téléporter dans cette grotte et ne pouvait-il plus en ressortir ?

Soudain, il eut une inspiration. C'était sa seule chance.

Il leva les mains d'un air résigné.

— Bon, je suppose que je ferais mieux de capituler, dit-il.

— C'est un piège grossier ! Vous croyez pouvoir endormir ma confiance ? Cela ne fait rien, je…

Léo se jeta sur le démon, lui décocha un coup de tête suivi d'un coup de genou dans la poitrine qui le plia en deux et le fit trébucher en avant.

L'attirant contre lui, Léo déclara :

— Je me souviens que nos corps se touchaient lorsque nous nous sommes téléportés jusqu'ici.

Il refit un essai. Des lumières bleues et blanches se mirent à scintiller et ils disparurent tous les deux. Cette dernière tentative avait réussi !

— Je me demande ce qu'ils vous donnent à manger ! demanda Phoebe en frappant du tranchant de la main sur la gorge d'un autre démon.

Il gargouilla et tituba un peu avant de tomber en arrière.

— Nous, je suppose ! déclara Cole en envoyant une nouvelle boule de feu sur des démons qui ne cessaient de revenir sur eux. J'ai l'impression qu'ils se nourrissent de notre énergie !

— Phoebe… murmura Paige, encore faible. Laisse Cole nous sortir d'ici. Je crois qu'il a raison. Moi aussi, j'ai cette impression. Je le ressens.

Elle continuait cependant à retirer les épées des mains des démons pour les leur envoyer dans la poitrine.

Piper transpirait et ses genoux manquaient de se dérober sous elle tandis qu'elle explosait un démon après l'autre. Les créatures se reformaient presque instantanément sous ses yeux.

— Je vote pour Cole, mais je n'en reviens pas de dire ça ! avoua-t-elle.

— Nous n'avons pas encore essayé le sortilège du Pouvoir des Trois, insista Phoebe.

— C'est dangereux, fit remarquer Cole en achevant

un autre démon. Il y a un truc en ce lieu qui rend tout possible. Cela fait une éternité que je n'ai pas ressenti cela.

— Tentons le Pouvoir des Trois, proposa Phoebe. Et si ça ne réussit pas, Cole pourra toujours nous faire sortir d'ici.

— Bon, d'accord ! souffla Piper à contrecœur.

— Je suis prête, répondit Paige, mal à l'aise.

— Je les retiens, offrit Cole en créant un écran pourpre et scintillant autour d'eux tout en sachant que les démons pourraient le détruire en l'espace de quelques secondes.

C'était juste le temps qu'il leur faudrait... peut-être un peu plus.

Phoebe déplia un petit bout de papier et prit les mains de ses sœurs.

Démons ici présents,
Par le Pouvoir des Trois
Soyez renvoyés aux ténèbres !

Phoebe fit une grimace devant la pauvreté de sa rime, mais c'est tout ce qu'elle avait pu inventer au pied levé !

En tout cas, cela semblait fonctionner. Les sorcières répétèrent l'incantation deux fois, trois fois et Cole laissa l'écran s'évanouir tandis que des éclairs d'énergie mystique s'échappaient des trois sœurs comme si elles étaient éclairées de l'intérieur.

— Ce n'est pas normal, fit remarquer Cole.

— Non, mais alors pas du tout ! renchérit une voix familière venant de l'obscurité derrière la plate-forme.

Léo était de retour et repoussait un démon à demi inconscient qui venait de s'abattre sur lui.

— Piper, arrête immédiatement le sortilège ! cria-t-il.

Mais il était trop tard. Les corps des trois sorcières étaient maintenant entièrement enveloppés d'énergies. Elles étaient plongées dans une transe, créant une flamme mystique qui s'échappait en spirale, menaçant d'englober tout ce qui se trouvait sur son passage.

— Cole ! Sors-les d'ici ! cria Léo. Je ne peux pas les téléporter dans cet état. On ne sait pas ce qui pourrait arriver.

— Comment faire pour les arrêter ?

Léo secoua la tête.

— Je n'en sais rien ! cria-t-il pour se faire entendre malgré le vent qui grondait au-dessus de cet étrange chaos. Essaie de rediriger les énergies. Je ne sais pas, trouve une solution ! Emmène-les simplement en un lieu sûr !

Cole acquiesça et se dirigea vers les sorcières qui continuaient à répéter leurs incantations, ignorant les démons qui explosaient, se reconstituaient, se délitaient, implosaient et continuaient à reprendre vie.

La destruction ne touchait pas Cole, une preuve de plus de son incroyable pouvoir.

Faisant appel à une faculté qu'il avait arrachée à un démon combattu dans l'autre monde, il ouvrit un vortex tourbillonnant d'énergie. Attendant que la spirale soit assez grande pour absorber l'énergie que dégageaient les trois Charmed, Cole la fit tournoyer loin au-dessus de leurs têtes. Il espérait que ce vortex les emmènerait en lieu sûr.

Il pouvait en effet sentir la présence lointaine de Léo toucher sa conscience, sa voix communier avec son esprit.

Trouve-leur un lieu sûr, mets-les en sécurité, répétait la voix de Léo.

Inutile de me le dire deux fois, pensa Cole, pressé de s'assurer que Phoebe sortirait vivante de cette situation. Sauver les sœurs serait la cerise sur le gâteau, mais elles n'arrivaient qu'en second plan dans ses priorités. C'était Phoebe avant tout.

Comme s'il sentait l'intention de Cole, la voix de Leo se fit plus insistante. Le vortex tombait enfin sur les Charmed et la spirale se tordait dans tous les sens, incapable de contenir tant de pouvoir. Cole s'approcha, entra dans le vortex à son tour et ajouta tout le pouvoir à sa disposition pour contrebalancer celui des sorcières. Il toucha le visage de Phoebe et l'énergie qui s'échappait d'elle fut si puissante qu'elle aurait immédiatement réduit Cole en cendres s'il n'avait été qu'un humain. Ou qu'un démon, d'ailleurs.

Les démons sur la plate-forme grandirent en absorbant toujours plus de pouvoir puis éclatèrent dans une explosion finale d'énergies mystiques, les Seigneurs du Noir Infini étant incapables de maîtriser le pouvoir qu'ils avaient dérobé aux sorcières et à ce lieu.

Sur le sable, à une dizaine de mètres de la plate-forme, Léo regarda le vortex créé par Cole scintiller au-dessus de la horde de monstres mourants.

Puis, aussi soudain que la bataille avait commencé, tout fut terminé. Les traces des démons, de Cole ou des Charmed avaient disparu.

Leo se tourna vers l'un des démons instigateurs de tout cela, mais lui aussi avait disparu. Il étendit son pouvoir de détection pour retrouver Piper et la peur l'empoigna comme la main puissante d'un géant, d'un dieu ancien. Il ne pouvait pas sentir la présence de Piper. Elle n'était nulle part sur Terre, ni dans les royaumes d'en haut ou d'en bas.

— Piper ! hurla-t-il.

Une vague d'images défila devant lui et il imagina un instant ce que serait sa vie sans sa bien-aimée.

— Piper ! cria-t-il encore plus fort.

Mais en vain.

Piper et ses sœurs avaient disparu.

CHAPITRE 4

Des coups de feu retentirent autour des trois sorcières et de leur compagnon quand elles sortirent du vortex déjà sur le point de disparaître. D'immenses dunes d'un blanc éblouissant les entouraient, battues par le vent. Le soleil brillait sans pitié et on pouvait entendre le fracas des vagues qui venaient se briser sur la plage.

— Où sommes-nous ? murmura Phoebe. Quelle heure est-il ?

C'est alors qu'elles entendirent le crissement du sable écrasé sous des bottes et le souffle lourd et rythmé d'hommes marchant au pas.

Des soldats apparurent. Ils avaient l'air surpris et furieux de les voir là, sur leur chemin. Très vite, ils formèrent un cercle autour des quatre compagnons.

Certains portaient la parfaite panoplie de *Il faut sauver le Soldat Ryan* : des casques vert forêt, des combinaisons de camouflage, de lourdes bottes. Dans leurs bras, des carabines M1 et des fusils M1903. De toute évidence, des Américains.

Le groupe de soldats ennemis qu'ils combattaient étaient vêtus de gris et de noir et portaient également des fusils. Sans aucun doute, des Nazis.

— Léo ! cria Piper. Sors-nous d'ici ! Vite !

Leur ange gardien ne se matérialisa pas.

— Et d'où elles sortent, ces p'tites dames ? demanda un Nazi avec un fort accent de Brooklyn.

Un Allié leva son arme et cria :

— Bon, qu'est-ce qu'on fait ?

— Ho ! Ho ! Une minute ! Ne faites rien du tout ! Surtout ne tirez pas ! rétorqua Piper, paniquée.

Elle était sur le point de les figer quand quelqu'un cria :

— Coupez !

Les soldats des deux camps se séparèrent et un nouveau personnage apparut, mégaphone au poing. Il portait de grosses lunettes de soleil, une chemise blanche aux manches retroussées, d'épaisses bretelles qui retenaient des jodhpurs beiges enfoncés dans des bottes d'équitation.

— Qui êtes-vous, Mesdames ? Pourquoi venez-vous interrompre mon tournage ? hurla le type dans son mégaphone.

Soulagée, Phoebe recula et faillit trébucher. Heureusement, Cole la rattrapa juste à temps. Paige tenait mal sur ses jambes, sans doute effrayée par toutes ces armes à feu, et Piper dut la soutenir par le bras.

— Ouf ! Ce n'est donc qu'un tournage ! J'ai cru un instant qu'on se retrouvait en pleine Seconde Guerre mondiale ! murmura-t-elle.

— Ces filles ne sont pas dangereuses, déclara un autre type, qui manipulait une immense caméra sur l'épaule.

Deux assistants se précipitèrent vers lui pour l'aider à la descendre. Tous trois étaient bronzés et bizarrement habillés, comme l'homme au mégaphone. Des chemises blanches, des vestes à carreaux ou à rayures, de petits chapeaux blancs qui semblaient être faits pour le golf… très bizarre !

— Je me demande si on a affaire à des doublures de vedettes ou à des figurants, fit remarquer Phoebe.

Piper haussa les épaules.

— On voit que c'est un film à petit budget ! Regardez le matériel !

À l'avant, monsieur Mégaphone hurla un chapelet d'injures et jeta son appareil dans le sable d'un geste rageur avant de partir en tapant des pieds, comme un gamin capricieux piquant une colère.

— Il ne manquait plus que ça ! Il n'y a donc pas de service de sécurité sur ce tournage ?

Deux soldats nazis passèrent devant les sorcières.

— Ah, j't'assure… ces uniformes ! Qu'est-ce que ça peut tenir chaud ! J'les déteste !

Un acteur s'adressa aux nouveaux venus et fit un geste vers l'arrière de la dune :

— Il y a une promenade avec des boutiques, par là.

À votre place, je déguerpirais avant le retour de notre dictateur en herbe.

Les Charmed et Cole suivirent son conseil et traversèrent la plage jusqu'au chemin fait de planches de bois. En jetant un coup d'œil en arrière, ils virent toute l'équipe du tournage en train de s'agiter tandis que celui qui devait être le réalisateur s'entretenait avec deux grands escogriffes portant d'anciens uniformes de police.

La promenade était étrangement calmc. Il n'y avait ni salles de jeux vidéo ni promeneurs accrochés à leur téléphone mobile. Un peu plus loin, des femmes et des enfants évoluaient sur une piste de patins à roulettes. Phoebe fut surprise qu'aucune femme ne porte de pantalon ou même de short à la plage. Tout le monde était vêtu de manière très bizarre.

La plupart des femmes portaient des ballerines au lieu de chaussures normales, avec des robes très évasées et un chapeau rond ou une écharpe. Un vendeur de ballons, habillé d'un costume de lin blanc et d'un chapeau de paille passa devant les filles et Phoebe se demanda qui pouvait être assez dingue pour venir à la plage en costume !

Trois malabars, tout en muscles, soulevaient des haltères sur un petit ring, en casquettes de coton, shorts à pois verts et bleus et chaussettes hautes en coton blanc. Ils ressemblaient à des girafes habillées par des daltoniens ! Les panamas et les sahariennes avaient également beaucoup d'adeptes.

Malgré la manière étrange dont tout le monde était

vêtu, c'était les Charmed qui attiraient les regards et les commentaires souvent accompagnés de ricanements. On se moquait apparemment de leur tenue vestimentaire.

C'est vraiment très bizarre, tout ça ! pensa Phoebe. Elle pouvait comprendre que les gens se retournent sur Piper, toujours déguisée pour sa soirée à thème du *P3*, mais en fait, c'était encore Piper qu'on dévisageait le moins !

Les Charmed et Cole se dirigèrent vers une petite échoppe près de la piste de patins à roulettes où une femme habillée en arbitre et un homme plus âgé, qui devait être son mari, étaient penchés sur un vieux poste de radio plutôt encombrant. Phoebe en avait déjà vu un semblable chez un antiquaire. Que faisait ce genre d'objet ici ?

La radio crachota et se mit enfin à fonctionner :

— Nous sommes heureux d'accueillir dans notre studio le grand James Cagney qui vient nous parler de son dernier film *Yankee Doodle Dandy* !

Un salve d'applaudissements explosa.

— C'est génial d'être ici, parmi vous, répondit une voix familière. Écoutez, beaucoup de gens croient que je suis un type un peu rude. En fait, c'est surtout le monde qui est un endroit un peu rude. Mais il y a des solutions pour améliorer les choses, surtout pour nos gars sur le front. Nous pouvons tous y participer. Les gens ordinaires peuvent être, eux aussi, des héros, surtout s'ils souscrivent à l'emprunt de guerre du gouvernement !

— Écoutez Jimmy... Euh, puis-je vous appeler

Jimmy ? Je ne voudrais pas que vous vous mettiez en colère.

Des éclats de rire surgirent du poste de radio.

— La seule chose qui me mette en colère, ce sont les gens qui ne font pas ce qu'il faut. Alors, souscrivez à cet emprunt de guerre aujourd'hui même !

— Voilà qui est parlé comme un vrai Yankee doodle dandy ! Bon, maintenant, nous allons écouter un discours du Président Roosevelt au sujet des nouvelles évolutions des efforts de guerre dans le Pacifique.

Cole se tourna vers les autres.

— J'ai l'impression de comprendre ce qui nous arrive.

Une femme passa en distribuant des prospectus pour une soirée organisée pour la promotion de l'emprunt de guerre. Ils en prirent un chacun, afin de jeter un coup d'œil sur la date imprimée. L'inquiétude se transforma en détresse.

— Encore un voyage dans le temps ! soupira Paige.

— Il faut dire que c'était un sacré chaos, là-bas, déclara Cole.

Phoebe jeta son prospectus sur son ex-mari d'un geste rageur.

— Mais pourquoi est-ce que nous avons atterri ici ? En 1942 ? Qu'est-ce que tu as fait ?

— Moi ? Ah non, c'était Léo. Enfin je crois. Il n'arrêtait pas de dire que je devais vous emmener en lieu sûr. Peut-être est-ce le seul endroit qu'il estimait assez sûr pour lui-même avant qu'il… avant qu'il ne lui arrive quelque chose au front.

— Bon, d'accord, Monsieur Super Puissant ! Maintenant, ramène-nous immédiatement à la maison. Cette plaisanterie a assez duré !

Un long frisson secoua l'imposante silhouette de Cole.

— C'est là, le problème. Depuis notre arrivée ici, j'ai essayé de rouvrir le portail qui nous a amenés. Sans aucun résultat.

Phoebe eut l'air contrarié.

— Alors essaie autre chose, bon sang ! Montre-nous un peu comment fonctionnent tes pouvoirs !

— Ceux que tu ne veux pas que j'utilise ? demanda-t-il sur un ton railleur.

Pour toute réponse, Phoebe lui jeta un regard glacial.

Cole s'assura que personne ne pouvait le voir, puis fit un geste en direction d'une petite collection de bouteilles de limonade vides qui avaient été laissées par des gamins en rang d'oignon le long du sable. Il attendit, mais rien ne se passa. Avec des gestes du poignet, il esquissa quelques mouvements magiques, mais sans résultat aucun.

— Qu'est-ce que tu veux faire, exactement ? s'impatienta Piper.

— J'ai essayé de faire exploser l'une d'entre elles, mais ça n'a pas marché. Puis j'ai simplement tenté de les déplacer ou de les renverser. Je ne comprends pas ce qui se passe.

— Bouteille ! dit faiblement Paige en tendant sa main.

La bouteille la plus proche scintilla d'une lumière

bleue, disparut pour réapparaître dans sa main. Elle tendit le flacon à Cole.

— Et voilà !

— Ce qui veut dire qu'il nous reste encore du pouvoir. C'est bon à savoir.

— Hé ! protesta Cole. Personne n'a dit que je n'avais plus de pouvoirs !

— C'était inutile, glapit Piper.

Soudain, un gamin arriva sur son vélo à toute vitesse, frôlant Cole qui se retourna brusquement et trébucha sur le sol inégal. Il tomba lourdement sur les planches de bois rugueuses et un clou lui égratigna la tempe.

Il s'assit en se frottant le visage.

— Voilà qui est très embarrassant, dit-il d'un air penaud.

Puis il baissa la main et découvrit une fine traînée de sang.

— Je… je saigne ! balbutia-t-il, interloqué.

Phoebe le considéra d'un air amusé. Après son retour du Désert Maléfique, Cole s'était montré arrogant et indestructible. Puis son sang avait commencé à brûler tout ce qu'il touchait, comme de l'acide. Et voilà qu'il se retrouvait sur les fesses, dans un costume froissé couvert de poussière, dans une posture pour le moins dégradante, affichant une expression incrédule. Il la faisait penser à un sale gosse qui venait de tomber, s'égratignait les genoux pour la première fois et ne pouvait simplement pas comprendre comment cela avait pu lui arriver.

Cela lui donnait presque envie de baisser sa garde et de se laisser attendrir.

Presque.

— Tu as vu, Phoebe ? Mes pouvoirs ont disparu, déclara Cole avec un rire nerveux.

— Tu veux parler de ceux que tu as acquis dans la dimension démoniaque ? demanda Phoebe avec inquiétude.

— Oui. J'ai l'impression que la ligne du temps n'admet pas que deux Cole Turner cohabitent simultanément. Je suis revenu dans mon ancien corps !

Piper se crispa.

— Alors tu es redevenu Balthazar ? Et tu détiens aussi ses pouvoirs ?

— Tu as presque raison. Mais par manque de chance, on a été renvoyés en 1942. C'est justement l'époque où Balthazar avait été privé de ses pouvoirs.

— Tu n'en avais jamais parlé, fit remarquer Phoebe.

— Il n'y avait pas vraiment de quoi se vanter et je préfère ne pas aborder ce sujet. Tout ce qui compte, c'est que je ne peux ni prendre sa forme démoniaque ni utiliser ses pouvoirs parce qu'à cette époque il ne les détenait pas. Il était condamné à avoir une apparence humaine, comme moi.

— Mais Balthazar a récupéré ses pouvoirs, ajouta Phoebe. C'était quand ?

— En 1943. Et je ne vois vraiment pas la nécessité d'entrer dans les détails, pour l'instant. Cela ne nous sera d'aucune utilité.

Phoebe sembla se satisfaire de cette explication et se tourna vers sa demi-sœur.

— Et toi, Paige ? Peux-tu nous ramener ?

— Ça m'étonnerait que je puisse même nous téléporter jusqu'à l'arrêt de bus, là-bas, répondit-elle. Je suis épuisée.

Cole se leva et se planta devant Phoebe.

— Hé ! Ce n'est pas comme si j'étais devenu complètement inutile ! protesta-t-il. Figurez-vous que j'ai également vécu à cette époque et que je sais beaucoup de choses. Que nous le voulions ou pas, nous sommes tous dans la même galère et nous désirons la même chose : rentrer à la maison.

— Tu veux donc qu'on fasse une trêve ? demanda brusquement Piper. Non pas que nous soyons officiellement en guerre contre toi, même si tu as essayé de nous tuer tant de fois que j'en ai perdu le compte !

— Ça, c'était quand j'étais diabolique, répondit aussitôt Cole. Ce qui est important, c'est que je suis bon, maintenant !

— Ainsi… tu veux qu'on fasse une trêve ? insista Piper. C'est ce que tu suggères ?

— Eh bien oui. Je pense que c'est dans notre intérêt à tous.

Phoebe haussa les épaules et se détourna de son ex.

— Bon, d'accord, une trêve, murmura-t-elle. Mais avoue que c'était tout de même très rigolo de te voir tomber sur les fesses !

Ils se dirigèrent vers l'arrêt de bus, un Greyhound d'un modèle très ancien venait d'arriver et la porte était grande ouverte. Au-dessus du pare-brise, le panneau indiquant HERMOSA BEACH tourna sur lui-même pour devenir LOS ANGELES.

— Oh, génial ! Comment avons-nous fait pour atterrir à Los Angeles ? demanda Piper en secouant le sable de ses vêtements. On a vraiment dû faire une grosse bêtise !

Phoebe sourit. Sa sœur détestait cette ville, quelle que soit l'époque. Elle tira un billet de cinq dollars de sa poche, grimpa près du conducteur et le lui tendit.

Il étudia le billet, puis la repoussa dans la main de Phoebe.

— Que se passe-t-il, les petites demoiselles ? Vous croyez que je suis né de la dernière pluie ? Ce n'est pas un vrai. C'est de l'argent pour jouer !

— Mais…

— Descendez de mon bus ! Et que ça saute !

Phoebe recula. Le chauffeur s'apprêtait à leur fermer la porte au nez quand Cole avança, enfonça la main dans la poche de sa veste et en tira une pièce qu'il tendit au chauffeur.

— Ça fera l'affaire ?

L'homme inspecta la pièce et hocha la tête.

— Ouais ! Il y en a assez pour tous les quatre. Et voici votre monnaie. Une pièce de dix cents toute neuve !

— Je vois. Et vous allez me dire de ne pas tout dépenser en une seule fois ! dit amèrement Cole en prenant la pièce.

— Ça, mon vieux, c'est à vous de voir, pas vrai ?

Ils montèrent dans le bus et s'installèrent sur une seule rangée vers l'arrière. Le véhicule démarra rapidement en direction de la ville.

— C'était quoi, cette histoire ? demanda Phoebe ?

— Au sujet des dix cents ? Je me souviens du prix des choses à cette époque, c'est tout. Le Coca à cinq cents le litre, au même prix que l'essence, d'ailleurs ! Bref, avec dix cents, on pouvait presque faire des folies ! Tenez, même le dissolvant pour retirer le vernis à ongles ne coûtait alors que sept cents…

À cette référence, même Paige parvint à se redresser suffisamment sur son siège pour jeter un regard étonné vers Cole.

— C'est du moins ce qu'on m'a dit, ajouta-t-il d'un air gêné.

— C'est bien joli, tout ça ! railla Phoebe. Assez radoté sur le bon vieux temps. Il faut qu'on retourne au XXIe siècle !

— Oh, je t'en prie, Phoebe ! Fiche-lui un peu la paix. Ce pauvre Cole est humain et sans défense. Ça me rend dingue d'y penser, mais vu la situation, Cole pourrait presque être un innocent que nous devons protéger.

— Cole ? Innocent ? ricana Phoebe. C'est la meilleure !

— Elle n'a pas tout à fait tort, fit remarquer Cole. Mais admettez que cette histoire de trêve ne fonctionne pas si mal. Je vous avais bien dit que je pourrais être utile.

— Oh, tu as eu une chance d'enfer, ces derniers temps ! N'est-ce pas Cole ? insista Phoebe.

— Qu'est-ce qui te fait dire ça, demanda Cole.

— Le petit incident du café, sans parler de ton intervention qui fait de toi le héros du jour ! précisa Phoebe.

— Et tout ça pour se retrouver coincés en 1942, continua Cole sur un ton sarcastique. Tu as raison, Phoebe, une chance du tonnerre !

Phoebe haussa les épaules et lui tourna le dos. Quoi que puissent en penser les autres, elle ne pouvait s'empêcher de croire qu'il devait être derrière tout ça. Cet homme ne reculerait devant rien pour retrouver les faveurs de son ex-femme, pas même devant un voyage dans le temps. Cependant, elle n'avait aucune idée sur la manière dont il avait pu manigancer cela et dans quel but.

Ils atteignirent la ville, s'émerveillant à tour de rôle sur l'étonnante pureté du ciel. Il y avait bien moins de voitures sur les routes que les sorcières n'auraient pu l'imaginer et celles qui passaient avaient des formes vraiment bizarres. Des toits arrondis qui descendaient en arc vers les pare-chocs arrière, des jantes à rayons, des grilles de radiateurs immenses qui leur donnaient un air de gros requin affamé, sans parler de tous ces chromes rutilants sous le soleil ardent.

Le bus passa bientôt devant de grands hôtels, comme le Château Marmont et les Sunset Towers, un édifice de treize étages de style art déco orné de créatures mythologiques, de zeppelins, d'aéroplanes et même d'Adam et d'Ève.

Cole ricana en montrant les Towers.

— Quand je pense à tout ce qui s'est passé dans cet hôtel ! Les gens pariaient des sommes folles alors que c'était parfaitement prohibé et…

— Merci pour tes services de guide, Cole… l'interrompit Phoebe d'une voix dégoulinant de sarcasme.

Elle n'avait aucune envie de le voir prendre les rênes de leur expédition et pourtant, il était le seul à connaître cette époque.

Il se pencha par-dessus Phoebe pour tirer sur le câble afin de signaler qu'il désirait s'arrêter.

— Nous y voilà ! C'est ici qu'il faut descendre.

Les Charmed suivirent Cole sur le trottoir. Il leur montra du doigt une boutique dont la vitrine regorgeait d'objets hétéroclites. C'était le mont de piété.

— Et à quoi ça va nous servir ? s'étonna Phoebe d'un air méprisant.

— Écoutez, je ne sais pas pourquoi nous sommes ici et combien de temps nous allons mettre pour trouver le chemin du retour. Je sais simplement que nous allons avoir besoin d'argent. Vous, les filles, vous portez quelques bijoux. On pourra sûrement en tirer quelque chose.

— Il a raison, dut admettre Piper.

— Toi, tu attends ici ! ordonna Phoebe.

Il répondit d'un salut militaire.

— Oui, mon colonel !

Les Charmed le laissèrent adossé à un poteau téléphonique. En entrant dans la boutique, elles furent déconcertées par les objets bizarres qui les entouraient.

Piper remarqua un grille-pain de la taille d'un four à micro-ondes et d'innombrables gadgets dont elle ne parvenait pas à imaginer l'utilité ou le fonctionnement.

Elle se demanda si Léo possédait ce genre de trucs, à l'époque. Était-il passionné de nouveautés, impatient de posséder le dernier cri de la technique ? Ou bien était-il déjà comme aujourd'hui, très économe et conservateur ?

Un vieux bonhomme bedonnant, vêtu d'un costume très moulant, s'agitait au fond de la boutique. Il resta interloqué en découvrant la tenue plutôt légère de deux des trois sœurs.

— Oh, mon Dieu ! Auriez-vous oublié de vous rhabiller en revenant de la plage ?

— Oh, euh… leurs vêtements ont été volés, bredouilla Piper.

— Ah ! répondit le propriétaire de la boutique en souriant, rassuré.

— Ils nous ont tout pris, renchérit Phoebe. Nos sacs à main, notre argent…

Là, le type eut l'air inquiet.

— Vous êtes passées porter plainte au commissariat, n'est-ce pas ?

— Ils n'ont rien pu faire pour nous, ajouta Paige, encore très faible.

Phoebe hocha vigoureusement la tête.

— Oui, ils disent que ça arrive tout le temps.

— Quelle honte, cette époque ! compatit le brave homme. Mais je vois qu'il vous reste encore quelques bijoux.

— Dieu merci !

— Je crois que je ne comprendrais jamais rien au monde dans lequel nous vivons. En tout cas, vous l'avez échappé belle ! Voyons ce que vous avez là.

Piper portait un petit bracelet en or, Paige une paire de boucles d'oreilles en or dix-huit carats tandis que Phoebe se sépara à contrecœur d'une petite chaînette en argent avec un brillant.

Quelques minutes plus tard, elles retraversèrent la rue. Piper compta leur butin pendant que Phoebe prenait Cole par le bras.

— Dis donc, tout à l'heure tu nous as parlé d'hôtels. Lequel est le mieux ?

Ils remontèrent Sunset, en direction des lieux que Cole avait évoqués un peu plus tôt et qui ne se trouvaient qu'à quelques centaines de mètres.

— *Les Towers* est le plus chic, mais le *Marmont* est plus discret. Pourquoi ?

— Je propose qu'on opte pour le chic, suggéra Paige tout en se tenant la tête.

Elle commençait à ressentir une espèce de vertige accompagné d'une légère migraine.

Ils continuèrent à avancer jusqu'à l'entrée de l'hôtel « chic » qu'ils avaient choisi et entrèrent dans le hall, prêts à faire face à un décor d'époque.

Personne ne remarqua leur arrivée.

— Cet endroit est réservé aux nouveaux riches et aux gens branchés, les informa Cole. Ils sont donc habitués aux gens excentriques.

Phoebe et Cole aidèrent Paige à s'installer dans un

canapé, face à la réception. Piper s'y rendit pour réserver deux chambres.

Quand elle revint, affolée et profondément troublée, elle annonça à ses sœurs de mauvaises nouvelles.

— À combien sont les chambres ? s'enquit Phoebe.

— Elles sont largement au-dessus de nos moyens ! Je crains que nous ne soyons obligés de nous rabattre sur un garni ou une vieille pension miteuse.

— Il n'y a pas de raison d'en arriver là, intervint Cole.

— Comment cela ? demanda Piper, suspicieuse.

— Il y a plein d'autres manières de trouver de l'argent, répondit Cole avec un sourire on ne peut plus diabolique.

Phoebe recula d'un pas.

— À quoi penses-tu ?

— Rien de mal, rien d'illégal…

Devant le regard appuyé de Phoebe, il hésita un instant.

— Enfin… corrigea-t-il, juste un peu mais, croyez-moi, aucun innocent ne sera impliqué.

— C'est hors de question… commença Phoebe.

— On t'écoute ! intervint Piper.

L'ancien démon sourit.

— Merci. Bon, c'est simple. De nous quatre, c'est encore moi qui connais le mieux les lieux. En fait, je détiens même des renseignements très précis concernant les agissements de la pègre et des démons de cette époque.

— Cole, qu'est-ce que tu proposes, s'impatienta Piper.

— Il me reste encore tous les souvenirs de Balthazar. Je ne peux rien oublier, même si je le désire. C'est simplement une partie de ce que je suis.

Cole détourna la tête, terriblement tendu, comme s'il souffrait sous le poids de sa conscience.

— Je pourrais utiliser une partie de ces renseignements pour obtenir une belle somme d'argent. Il y a un roi de la pègre du West Side qui donnerait cher pour savoir lequel de ses sous-fifres pique dans la caisse pour créer sa propre petite bande de malfrats. Et il y en a un autre dans l'East Side qui serait ravi d'apprendre avec qui sa jeune petite garce de maîtresse le trompe depuis plusieurs années.

— Bon, conclut Piper. Mais quand sont-ils censés découvrir toutes ces choses ? Maintenant ou plus tard ?

— Nous ne devons rien entreprendre qui puisse interrompre l'histoire, déclara Cole. Ces deux éléments et d'autres que je pourrais encore mettre à jour sont de toute façon appelés à être découverts à cette époque. Si cela se trouve, c'était même moi qui avais glissé le bon mot dans la bonne oreille pour un bon petit pécule. Donc, si je n'exerce pas mon petit chantage, le cours du temps risque de s'en trouver perturbé.

— Je ne lui fais pas confiance, grommela Phoebe.

Piper fronça les sourcils.

— Tu parles ! Et ce n'est pas parce qu'on a signé une trêve qu'il faut lui vouer une confiance aveugle si ce n'est pas tout à fait nécessaire. D'autre part, nous ne devons pas nous laisser influencer par nos sentiments personnels. Il suffit peut-être de nous montrer extrêmement prudentes, pas vrai ?

L'air bougon, Phoebe finit par acquiescer.

— Je pense que c'est notre meilleure solution pour gagner de l'argent rapidement, poursuivit Piper. Et puis Cole a peut-être raison en disant que le cours des choses devait de toute façon se dérouler ainsi.

— Je pense que nous devrions le laisser essayer, proposa Paige d'une voix faible. Il a peut-être raison et ce n'est pas parce qu'il est diabolique qu'il est forcément mauvais. Enfin bon… vous comprenez ce que je veux dire, ajouta-t-elle devant leur air perplexe.

Phoebe jeta un regard inquiet mais déterminé à son ex.

— Paige devrait voir un médecin et nous, nous devrions trouver un moyen de nous débarrasser de notre look 2004 au plus vite pour moins nous faire remarquer. L'argent que nous possédons ne nous mènera pas loin. Allez, mon vieux ! Secoue-nous quelques démons !

Cole laissa échapper un soupir et abandonna les filles dans le grand hall de l'hôtel. Un groom vint les voir à plusieurs reprises et l'un des assistants de direction s'adressa à elles de manière très obséquieuse, mais il était clair que tous ces gens voulaient connaître les intentions des trois jeunes femmes.

— Notre Bentley est tombée en panne sur la plage, répondit Phoebe d'un air hautain en essayant de leur faire gagner un peu de temps. Nous avons dû prendre un taxi jusqu'ici. Et comble de malheur, ce voyou de chauffeur s'est éclipsé avec toutes nos affaires.

— La police ! s'écria l'assistant à tête de phoque. Il faut prévenir la police !

Phoebe déclina l'offre d'un geste méprisant.

— Non, non, c'est inutile ! La police est tellement... inefficace ! Notre chauffeur est retourné à notre propriété. Il prendra notre Rolls, un peu d'argent et tout rentrera dans l'ordre.

Piper considéra sa sœur d'un air effaré, comme si elle était devenue folle, mais les employés gobèrent son histoire.

— Nous allons simplement rester ici quelques instants pour nous reposer, renchérit Paige d'un air snob. Si vous n'y voyez pas d'inconvénient, bien sûr.

L'assistant sourit de toutes ses dents en esquissant une courbette.

— Comme il vous plaira, Mesdames.

Phoebe jeta un coup d'œil à l'horloge, se demandant combien de temps Cole mettrait pour revenir... si toutefois il daignait revenir. Dès qu' il se trouvait en contact avec le Mal, il avait tendance à se laisser aspirer par lui et à entreprendre les pires bêtises.

Elle ne voulait pas se laisser influencer par des impressions négatives au sujet de Cole. Mais après tout ce qu'elles avaient enduré, il lui était vraiment très difficile d'avoir confiance en lui, même dans ce genre de situation.

Espérant que Cole reviendrait bientôt, elle garda les yeux fixés sur les aiguilles de sa montre.

Deux heures plus tard, Cole arriva enfin dans le hall de l'hôtel.

— Mesdemoiselles, nous sommes riches ! annonça-t-il.

Son projet s'était déroulé à merveille et il leur montra les quelque deux cents dollars qu'il avait réussi à soutirer.

— Génial ! déclara Phoebe en aidant Paige à se lever.

Elles se dirigèrent vers le bureau des admissions, juste derrière Phoebe et Cole.

— Un problème de réglé. Il n'en reste plus que quelque mille autres à résoudre.

— Écoutez, ne soyez pas aussi négatives, protesta Cole en se tournant vers les deux sœurs. Au moins, nous sommes tous ensemble !

Ça, Phoebe ne le savait que trop bien ! On aurait dit que, quoi qu'il arrive et où qu'elle aille, Cole Turner ferait toujours partie de sa vie.

Pour le meilleur… ou pour le pire.

CHAPITRE 5

Un peu plus tard, cet après-midi-là, une fois installés dans leurs chambres et sustentés au restaurant de l'hôtel, ils firent une petite expédition dans les boutiques du voisinage pour choisir des tenues un peu plus adéquates. Puis Piper et Phoebe se retrouvèrent dans le hall de l'hôtel où Cole feuilletait une fois de plus les journaux et les magazines pour reprendre contact avec l'actualité de l'époque. Phoebe ne put s'empêcher de remarquer que Cole avait changé. C'était évident, même dans sa manière de se tenir. Il devait faire un effort considérable pour maintenir son assurance, voire son arrogance habituelle. Elle ne l'avait vu humain qu'une seule fois, auparavant. C'était peu de temps après que Balthazar, sa moitié démoniaque, avait été extirpé de lui et éliminé, et avant que lui soit attribué le pouvoir d'être la Source. Pendant ce laps de temps, Cole avait cru devenir fou en cherchant désespérément le moyen de protéger les Charmed et de regagner ce qu'il avait perdu.

Maintenant, tandis qu'elle l'observait en train de faire tout son possible pour ressembler au Cole Turner habituel, Phoebe se demanda si on pouvait vraiment lui faire confiance. Devaient-elles compter sur son aide ou, trêve ou pas, ne feraient-elles pas mieux de le ligoter et de l'enfermer dans un cagibi en attendant de trouver un moyen de rentrer à la maison ?

— Prête ? dcmanda Phoebe en s'adressant à sa sœur.

— Plus prête que jamais. Paige va rester se reposer un peu. Le médecin de l'hôtel a promis d'aller la voir toutes les demi-heures.

— Parfait.

Elles se dirigèrent vers la porte et Cole se précipita pour la leur ouvrir. Mais le portier en livrée avait précédé son geste. Quand elles atteignirent le trottoir, Cole courait toujours derrière elles.

— Hé ! Mesdemoiselles ! Je vais plus ou moins dans votre direction. Ça vous ennuie si je vous accompagne ?

Cela ennuyait sincèrement Phoebe, mais elle se contenta d'acquiescer en grommelant. Il est vrai qu'il avait rendu de précieux services en parcourant la presse pour se familiariser avec les petits détails concernant l'actualité de l'époque, mais il n'était pas obligé de quitter l'hôtel en même temps qu'elle, tout de même ! Il l'avait forcément épiée et voilà qu'il la suivait, la surveillait !

Comme il avait toujours eu l'habitude de le faire.

Phoebe prit la direction de l'expédition, déterminée à ne pas se laisser démonter par l'attitude de Cole.

Elle trottait dans ses escarpins rouges et sa robe bleue très épaulée descendait jusqu'aux genoux. Piper portait une petite robe blanche très simple, à fines rayures bleues, également épaulée, une ceinture blanche et de ravissants souliers blancs. Elle arborait également un petit bibi bleu qui lui donnait l'impression d'être sa propre arrière-grand-mère. Mais puisque c'était la mode de l'époque…

Cet attirail les changeait de leur panoplie habituelle de vêtements modernes plus adaptés à la lutte contre les démons. Mais les filles trouvèrent les progrès faits dans le domaine de la lingerie particulièrement appréciables. Sous leurs robes, elles avaient dû enfiler d'insupportables corsets censés affiner la taille et remonter la poitrine. En rattrapant sa sœur, Piper ne cessait de geindre car ses sous-vêtements l'étouffaient, l'empêchant d'être totalement libre de ses mouvements. Elle avait l'impression d'être une momie dans un vieux film d'horreur. Phoebe, quant à elle, les trouvait plutôt sexy. Elles avaient appris avec soulagement que les femmes ne portaient pas de bas, car la soie et le nylon étaient des matières rares en ces temps de guerre.

Une brise fraîche vint caresser leur peau et le ciel était d'un bleu très pur, débarrassé de cette horde de nuages qui menaçaient plus tôt de se transformer en orage le long de la plage. La lumière ambrée de l'après-midi soulignait avec une grande netteté chaque détail de cette période, la rendant encore plus réelle. Les Charmed avaient déjà eu l'occasion de voyager à travers le temps, et chaque voyage leur avait donné une impression d'irréel et d'onirique. C'était des détails insignifiants comme le parfum d'une lotion après rasage, l'inconfort des vêtements qu'elles portaient ou même le bourdonnement d'une abeille qui rappelaient aux jeunes femmes combien ce monde était réel. Combien chaque action pouvait avoir des conséquences désastreuses sur l'histoire !

Par exemple, en s'arrêtant un instant pour flirter avec un beau jeune homme, elles pouvaient provoquer une réaction en chaîne. Il arriverait en retard à une réunion à laquelle il serait normalement arrivé à l'heure. Profondément troublé par cette petite aventure et son retard imprévu, il pourrait mal négocier une vente importante, remettant en question une promotion convoitée qui aurait déterminé sa fortune et des donations à des œuvres caritatives sauvant ainsi d'innombrables vies. Et tout cela pourrait arriver rien qu'en s'amusant un peu avec le cours naturel des événements.

Bien entendu, si l'équilibre du cours du temps était vraiment aussi fragile, alors la meilleure des choses à faire était d'aller se cacher dans une grotte jusqu'à la fin des temps, sans plus adresser la parole à quiconque, sans rien tenter qui puisse arranger leur situation.

Non, Piper avait besoin de croire que même si sa théorie de l'effet domino était vraie, le temps lui-même avait la capacité de se remettre en phase, de trouver une solution pour que les choses reprennent le cours prévu à l'origine.

Piper attrapa sa sœur par le bras, tentant de l'obliger à se concentrer sur les tâches à venir plutôt que sur tous ces beaux messieurs qui soulevaient leur chapeau en les croisant. Derrière elles, Cole suivait en grommelant de jalousie.

— Écoute, dit Piper, tâche de te souvenir que cet endroit est bizarre et que les gens agissent de manière étrange, du moins selon nos critères. J'admets que cela peut te sembler très distrayant, mais il ne faudrait pas perdre de vue que notre objectif prioritaire est de revenir à la maison. Il faut qu'on trouve d'autres sorcières.

— Ou quelqu'un qui s'intéresse sérieusement à la magie, renchérit Paige.

— Pour l'instant, je ne vais pas faire la difficile. Mais je ne comprends pas pourquoi on devrait se donner tant de mal puisque nous n'avons pas besoin de travailler et largement assez d'argent pour vivre.

Piper se pencha vers elle et chuchota :

— Veux-tu vraiment dépendre de Cole jusqu'à notre dernier centime ?

— Tu as raison, admit Phoebe.

— Et puis, je ne vois pas de jolis petits souliers qui pourraient nous transporter ailleurs en claquant simplement des talons comme dans le *Magicien d'Oz*. Nous allons donc devoir découvrir pourquoi nous avons été transportés ici, à cette époque en particulier.

Il nous faut aussi dénicher de l'aide pour pouvoir rentrer chez nous.

Les voitures passaient dans la rue à une vitesse qui aurait semblé ridicule dans la Californie des temps modernes. Les trois sœurs inspectaient minutieusement les vitrines, à la recherche d'offres d'emploi. Les bras croisés, Phoebe se montrait de plus en plus bougon en faisant du lèche-vitrines.

— Et si tu me disais ce qui ne va pas ? demanda Piper.

Les yeux de Phoebe se mirent à briller.

— Ce qui ne va pas ? Tu veux que je te dise ce qui ne va pas ? Il y a tant de trucs que je ne sais même pas par où commencer. Mais cela n'a pas vraiment d'importance si nous arrivons à reprendre bientôt le cours de nos vies. J'ai une date particulière à respecter.

— Oui, je vois, répondit Piper. Et moi j'ai un mari qui m'attend quelque part, en 2004.

— En fait, Léo est également ici, intervint Cole. Seulement, on est en 1942 et il n'est pas encore ton mari.

— Si tu t'imagines arranger les choses, tu te trompes, répondit amèrement Piper.

Phoebe donna une tape sur le dos de Cole.

— Ah, les démons et les avocats ! Pas plus diplomates les uns que les autres. C'est plus fort que toi, Cole. N'est-ce pas ?

Cole commença à protester. Il faisait de son mieux, après tout ! Piper essaya de calmer le jeu. La seule chose importante était de se concentrer sur leur objectif. Mais Phoebe et Cole continuaient à se disputer.

Soudain, un homme en costume, mallette à la main, s'arrêta devant eux.

— Madame, est-ce que cet homme vous importune ?

— Je n'en reviens pas ! ricana Cole.

L'homme le fusilla du regard.

Mazette ! pensa Piper. *Il ne manquerait plus que ces deux-là se battent !*

— Bon, vous savez quoi ? demanda Cole en levant les bras en signe d'abdication. Je continue mon chemin dans cette direction et c'est tout. À plus tard !

Cole s'éloigna, non sans avoir fait un geste agressif vers l'homme d'affaires.

— Madame, désirez-vous que je m'occupe de cette affaire ? insista l'homme.

Phoebe le considéra d'un air surpris.

— Eh, bien, c'est très aimable à vous et, aussi tentant que cela puisse être d'accepter votre offre, je dois la décliner.

Puis, élevant la voix afin que Cole puisse entendre la suite, elle ajouta :

— Ce n'est pas comme si cet individu était dangereux ou détenait un quelconque pouvoir !

Cole se retourna et leur jeta un regard méprisant. À cet instant, il faillit se faire renverser par un taxi.

— Regarde où tu vas, espèce de cinglé ! hurla le conducteur en accompagnant son invective d'un geste agressif.

Sincèrement décontenancé, l'ex-démon jeta un coup

d'œil autour de lui pour éviter les autres voitures, puis traversa la rue en courant avant de se perdre dans la foule qui sillonnait le trottoir. L'homme d'affaires esquissa un dernier salut et continua son chemin comme si rien n'était arrivé.

— Tu sais, après tout ce que j'ai enduré, c'est assez rigolo de voir Cole dans cet état, fit remarquer Phoebe.

Puis elle se rendit compte que Piper fulminait, sans dire un mot.

— Bon, assez tourné autour du pot ! Qu'est-ce qui t'arrive ? demanda Phoebe. Et puis, j'ai vraiment du mal avec cette histoire de trêve avec Cole. Je suis désolée, ça ne se voit peut-être pas, mais je fais de gros efforts. À chaque fois que je lâche un peu de lest, il devient collant ou agressif ou…

— Je pense que c'est son amour propre qui est blessé et que c'est sa façon de gérer les choses.

Piper avait peut-être raison. Que voulait dire *lâcher un peu de lest* ? Traiter Cole avec le minimum de politesse qu'on réserve à un parfait étranger ? Cela devait sûrement le vexer. Elle allait faire un effort supplémentaire.

Mais il était hors de question de faire confiance à Cole !

— En fait, je pensais à cet autre type, grommela Piper. Celui qui a agressé Cole.

Phoebe sourit aux anges.

— Oh, Lancelot ou Galahad ou je ne sais qui ?

— Si ça peut te faire plaisir. Je te signale que j'ai

l'habitude de combattre mes propres démons et tu ferais bien d'en faire autant !

— Écoute, tu n'arrêtes pas de me rappeler que nous sommes dans une autre époque. Regarde un peu autour de toi !

Piper observa alors les comportements autour d'elle. Les hommes s'effaçaient devant leurs compagnes, d'autres souriaient et ôtaient leur chapeau dès qu'ils approchaient une femme. Sur une terrasse de café, elle vit un homme tirer une chaise pour un membre du sexe opposé.

— D'accord, les bonnes manières sont appréciées, mais je sais me défendre toute seule, rétorqua vertement Piper.

— Je le sais aussi bien que toi et nous savons également toutes les deux que tu serais sans doute aussi capable que Monsieur Mallette de donner une leçon à quelqu'un. Mais nous devons commencer à nous intégrer à ce milieu, n'est-ce pas ? C'est toi-même qui l'as dit. Alors on va laisser les hommes se comporter comme des gentlemen. Ça ne te choque pas quand Léo te rend tout le temps des services.

— C'est vrai. Et maintenant je comprends que cela fait partie de son éducation. Phoebe, as-tu une idée de ce qui lui arrive là-bas, à notre époque ? A-t-il besoin de moi ? De mon aide ? J'ai tellement envie de rentrer à la maison.

Phoebe lui serra tendrement le bras.

— On va y arriver, ma jolie. Ne t'inquiète pas, on réussira.

Elles continuèrent à marcher en silence, au moins durant une minute entière ou deux.

— Il y a autre chose, ajouta Phoebe en saluant d'un mouvement de tête un groupe de femmes attroupées devant une boutique de vêtements.

— Et quoi donc ?

— Ils ont supprimé le vert. À part les uniformes des types qui faisaient le tournage sur la plage, il n'y a absolument pas de vert. Ni robes vertes, ni chapeaux ou chaussures. Même sur les enseignes ou les étiquettes, il n'y a pas une miette de vert. Est-ce qu'ils ont rationné le vert ?

— C'est exactement ça ! répondit Piper.

— Tu te moques de moi !

— Non, c'est vrai. C'est Léo qui me l'a dit. L'armée avait besoin de toute la teinture verte disponible pour ses uniformes, alors ils l'ont pratiquement réquisitionnée. Ils ont acheté tous les stocks.

— Tu sais, je crois que nous avons eu beaucoup de chance d'être nées à notre époque, conclut Phoebe.

Elles parvinrent devant la vitrine à l'instant où le groupe de femmes s'en éloignait. Un panneau officiel du gouvernement était placardé en évidence au centre de la vitrine.

Phoebe se pencha et lut quelques lignes :

— Hum ! D'après ce panneau, le ministère de la Guerre stipule que le tissu et le métal doivent être réservés en priorité à l'effort de guerre. Ce qui explique les robes plus courtes et plus étroites…

Quelques hommes passèrent et Phoebe étudia leurs

vêtements. Ils ne portaient pas de veste et les pantalons n'avaient pas de revers. Apparemment, tout le monde faisait un effort…

Phoebe s'arrêta et examina ses cheveux dans une vitrine.

— Bon, tu vas arrêter ça ? demanda Piper en prenant sa sœur par le poignet. Tu es parfaite !

Elles parvinrent à une devanture qui fit sourire Piper aux anges. Phoebe ne comprit pas. Cela ressemblait à n'importe quel vieux bistrot.

— C'est *Schwab's* ! s'écria Piper, tout excitée. Léo en parlait tout le temps. C'est l'un des lieux de rendez-vous où les vedettes, les écrivains et les musiciens se retrouvaient. S'ils étaient vraiment dans une mauvaise passe, ils pouvaient y manger gratuitement. Beaucoup de talents ont été découverts ici.

— Et en plus, ils embauchent ! déclara Phoebe en montrant du doigt une petite annonce demandant une aide en cuisine.

— Ça tombe bien, j'ai toujours rêvé d'être un grand chef ! Il y a quelque chose d'excitant dans ce remue-ménage des cuisines professionnelles.

— Chacun son truc.

— Tais-toi et souris ! intima Piper en tirant Phoebe à l'intérieur de la salle.

Elle l'installa sur une banquette libre juste à côté de la fontaine à limonade et se dirigea d'un pas décidé vers les portes battantes de la cuisine.

Phoebe chercha des yeux un menu, n'en trouva pas et s'apprêtait à étudier la liste des spécialités sur un tableau noir derrière le comptoir quand deux femmes, installées un peu plus loin, attirèrent son regard. Elles portaient tellement de maquillage que cela en était effrayant. En revanche, elles étaient de toute évidence habillées pour faire face à une dure journée de travail dans quelque usine.

Bizarre.

— Je trouve nos blouses de travail assez seyantes, déclara d'un air excité celle qui se trouvait le plus près. Ce rose est une vraie trouvaille ! De toute façon, ce n'était pas mon genre de me défiler. Avec Joe parti au front, la maison est si calme et si solitaire, surtout la nuit. Le fait d'avoir pu prendre sa place dans la chaîne de montage me remonte sérieusement le moral. J'ai l'impression de participer à l'effort des hommes !

Sa compagne éclata de rire.

— Et tu sais ce qu'il y a de plus drôle ? Ils m'ont dit que j'avais besoin du Bac pour travailler à la chaîne. Comme si on ne me l'aurait pas donné d'office, ce poste de riveteuse !

— De toute façon, ils sont plutôt arrangeants pour les diplômes. Il n'y a qu'une chose qui les intéresse, c'est de trouver des bras valides pour combler les places vacantes sur ces chaînes ! Si on sait respirer, on peut travailler !

Bon, alors cela ne devrait pas être trop compliqué pour moi, pensa Phoebe. *Mais bon... le travail en usine ? Des chaînes de montage ? Hum, cela pourrait être intéressant. Ou pas. Je suppose qu'il n'y a qu'une seule manière de le savoir.*

Deux autres femmes se tenaient un peu plus loin, hochant la tête devant les rayonnages à moitié vides. L'une portait un chapeau fleuri et l'autre une paire de gants plutôt sophistiqués. Une chose était sûre, ces deux-là ne travaillaient pas à l'usine.

Phoebe ne put s'empêcher de laisser traîner l'oreille.

— Pour la première fois depuis longtemps, Stanley et moi réussissons plutôt bien. Par rapport à notre situation au début de notre mariage en 1937, cela va beaucoup mieux. On a enfin du fric à flamber ! Le problème, c'est que par les temps qui courent, le flamber est à peu près tout ce qu'on peut en faire. Je peux comprendre ces augmentations, mais ce rationnement commence vraiment à me porter sur les nerfs. Et tout est tourné vers l'effort de guerre, c'est agaçant, à la fin !

— Je sais. Mais tu ne voudrais tout de même pas que nos gars du front soient démunis, n'est-ce pas ?

— Non, pas le moins du monde ! répondit-elle en éclatant de rire. Mais ce n'est pas parce que je le comprends que j'arrive à l'accepter…

— Ça ne veut pas dire qu'on va cesser de se plaindre ! dirent les deux femmes en chœur en se pliant de rire.

— Hum ! Hum !

Phoebe leva la tête, déconcertée par l'arrivée d'une femme peu engageante, style Grosse Bertha : bâtie comme une armoire, vieille et l'air féroce.

C'était la serveuse.

— Et j'vous sers quoi ?

Phoebe sourit.

— Je voudrais un super-méga-triple-café.

— C'est quoi, ça ? aboya la serveuse.

La question troubla Phoebe. Elle savait qu'elle ne vivait pas à sa propre époque et comprenait que les choses devaient être différentes ici, mais certains produits faisaient partie des incontournables, des basiques de survie. Comment pouvaient-ils ne pas exister en 1942 ?

— C'est une espèce de café.

— Du café, j'en ai. Vous le voulez comment ?

Phoebe se pinça les lèvres, anticipant déjà la réponse de la grosse dame, mais se lança tout de même :

— Un déca ?

La serveuse grinça des dents et s'essuya le front d'agacement.

— Z'êtes pas d'ici, pas vrai ?

Phoebe hocha la tête.

Grosse Bertha se rendit au comptoir et revint avec le café de Phoebe.

— Vous faut aut' chose ?

— Non, merci, pas tout de suite.

Puis, se ravisant, elle ajouta :

— En fait, je prendrais volontiers un peu de crème et du sucre. Merci.

— La crème, ce s'ra possible, mais pour l'sucre, ma p'tite poulette, c'est non. On a été rationnés. Si on veut du sucre, faut venir tôt l'matin. C'est c'que j'dis à tout l'monde. Pour l'épicerie, c'est pareil. Et on vous rendra pas de points rouges si on est déjà en rupture de stock.

— Ah ? répondit Phoebe avec un sourire tellement béat qu'on devait la prendre pour une idiote. Bon, d'accord.

Mais de quoi pouvait bien parler cette matrone ?

Quand Bertha s'éloigna, Phoebe huma son café, ravie de retrouver son arôme familier.

Il y avait une bonne douzaine de clients dans la salle, dont quatre hommes autour d'une table, sérieusement engagés dans une discussion sur une liaison sulfureuse entre un boxeur et une starlette de cinéma. Puis l'attention de Phoebe fut attirée par une jeune femme portant un pendentif en argent au cou et qui semblait regarder partout autour d'elle sauf en direction de Phoebe, tout en jouant avec le pendentif. Elle avait remonté ses longs cheveux châtains en un chignon dont s'échappaient quelques boucles et était vêtue d'une robe ivoire ravissante imprimée de jolies petites fleurs roses. Ses lèvres pleines semblaient bouder.

Le pendentif représentait un motif semblable à celui qui était gravé sur le *Livre des Ombres*, dans le grenier du Manoir Halliwell. Phoebe but une gorgée de son café et se tourna vers la table de la jeune femme.

— J'adore votre pendentif, lui dit-elle.

— Oh, merci, répondit la jeune femme en cessant de le triturer. Désirez-vous vous joindre à moi ? ajouta-t-elle en souriant.

— Ce serait avec plaisir.

Elle posa sa tasse et s'assit avant d'ajouter :

— L'épouvantable serveuse va nous faire une crise de nerfs si elle remarque que tout n'est plus exactement à sa place.

— C'est vrai qu'elle a un fichu caractère. Je m'appelle Chloé, ajouta-t-elle en tendant la main vers Phoebe.

— Et moi, je suis Phoebe.

Quand leurs doigts se touchèrent, Phoebe ressentit de nouveau une impression de familiarité.

— Vous êtes d'ici ? demanda-t-elle.

— Oui, mais d'après ce que disait la serveuse, vous ne l'êtes pas, fit remarquer Chloé.

— Cela se voit donc tant que ça ? Mes sœurs et moi venons d'arriver de San Francisco, aujourd'hui même. Désolée de me montrer aussi directe, mais ce pendentif que vous portez est vraiment superbe.

La main de la jeune femme se ferma dessus, comme si elle voulait le cacher.

— Il vient d'un bijoutier du coin ? J'ai tellement de choses à apprendre sur Los Angeles. Les meilleures adresses pour trouver des vêtements, des bijoux, des aliments… un travail.

— Allez-y ! Posez-moi des questions ! offrit la jeune femme en souriant d'un air mutin, prenant la pose d'une élève studieuse au premier jour de classe.

— Alors dites-moi une chose : ces deux femmes, là-bas, pourquoi portent-elles autant de maquillage pour aller travailler à l'usine ?

— Ah, ce sont les propriétaires de l'usine qui les y encouragent. Je suppose qu'elles travaillent pour des fabricants de munitions et que le maquillage protège leur peau des produits chimiques.

C'était en effet fort plausible.

— J'ai encore une autre question. Je sais que vous allez croire que je débarque de la planète Mars, mais voilà : c'est quoi, les points rouges ?

— Vous n'avez pas de cartes de rationnement ?

— Non, nous vivions sur un ranch. Nous faisions des échanges avec les fermiers locaux et les épiceries.

Chloé tira un petit livret de son sac à main. Il y avait des petits tickets décorés avec des chars d'assaut, des porte-avions, des bombardiers… Des petits jetons rouges en carton glissèrent du carnet.

— Quand vous utilisez un ticket de rationnement, au lieu de monnaie, on vous rend ces jetons. Ce sont les points rouges.

— Ah bon !

Phoebe se demanda s'il serait très difficile de s'approvisionner en produits de première nécessité sans ce genre de carnet.

— Hé ! Les gars ! Écoutez-moi ça ! s'écria Grosse Bertha en montant le son de la radio posée à l'arrière du comptoir.

Les quatre hommes et d'autres clients prêtèrent toute leur attention à la grosse boîte sonore.

— Voilà un fait divers plutôt amusant provoqué par le rationnement en sucre, annonçait le speaker. Un rôdeur qui était en grand manque de sucreries s'est introduit par la fenêtre chez Mme Johnson, sur Hollywood Street. Il s'est contenté de manger plusieurs bonbons et, selon le rapport de police, rien d'autre n'a été touché.

— Vous êtes notre muse ! dit l'un des hommes en gribouillant quelques notes sur un bout de papier.

— Et n'oubliez pas que je suis également irrésistible ! ajouta la serveuse avec un clin d'œil lourd de sous-entendus.

Les quatre pigistes promirent de ne pas l'oublier.

Phoebe et Chloé rirent. Puis, d'un geste timide, Chloé fit glisser son collier par-dessus la tête et le posa sur la table.

— Puis-je vous faire un aveu ? demanda-t-elle en se frottant timidement les mains.

— Allez-y.

— D'habitude, je le porte sous ma robe. Je n'aime pas que les gens le voient parce que c'est très intime, vous savez. Mais avec vous… J'avais comme l'impression que vous alliez comprendre.

— Tous les gens ont des croyances différentes, je ne vois rien de mal à cela.

— Si seulement tout le monde était de cet avis !

Phoebe sentit une profonde tristesse l'envahir. Existait-il une époque ou un lieu où les sorcières n'étaient pas persécutées d'une manière ou d'une autre ? Bien sûr, elle ne savait pas si la fille était une véritable sorcière.

À sa propre époque, il y avait des groupes de femmes et d'hommes qui faisaient semblant de s'intéresser à la sorcellerie. Ils achetaient les tenues, les bijoux, l'encens ou des livres de recettes magiques qu'on trouvait dans les boutiques New Age, mais ne croyaient pas réellement à ces choses-là. Ils suivaient une mode et leurs réunions consistaient plutôt à médire sur leurs petits amis ou leurs collègues de bureau mais ils n'allaient jamais jusqu'à sérieusement étudier en profondeur les arcanes de la magie.

Mais c'est la même chose partout, songea Phoebe. Les fanatiques, les adeptes et les imposteurs. Quelqu'un lui avait parlé d'un collègue de travail qui était un aficionado de reconstitutions de l'époque de la Guerre Civile de 1860. Il ne cessait de récriminer contre ceux qui arrivaient, enfilaient leur costume, voulaient participer à la bataille, mais exigeaient en même temps de disposer de tous les conforts modernes. Leur téléphone portable se mettait à sonner au cours des charges de cavalerie triomphales et ils se faisaient livrer des pizzas lorsqu'ils étaient bloqués derrière les lignes ennemies.

Phoebe avait l'intime conviction que cette jeune femme, même si elle ne possédait pas de pouvoir personnellement, avait une certaine sympathie pour la magie et ses praticiens. Elle avait peut-être conscience qu'en ce monde réel il pouvait coexister des mondes visibles et invisibles.

Elle décida de se lancer :

— Je crois à la magie, dit Phoebe.

Chloé écarquilla les yeux et sembla soudain être soulagée d'un grand poids.

— Je le savais ! Je le savais, répétait-elle en prenant la main de Phoebe dans la sienne.

Elles parlèrent de l'intérêt que Chloé portait à la magie, en commençant par le jour où elle-même avait été sauvée de forces assez obscures par quelqu'un qui devait sans doute être une sorcière. Elle tentait maintenant de répertorier les véritables praticiennes dans les environs de Los Angeles.

— Je viens de l'Oregon, dit-elle. Je travaillais à des dîners-spectacles quand j'ai été appelée par Osiris.

— Par Osiris ? Le dieu égyptien ?

Voilà qui ne présageait rien de bon.

Chloé affichait un sourire radieux.

— Non, ce n'est pas tout à fait ça. Je parle des Studios Osiris. Une petite maison de production cinématographique. C'est simplement un entrepôt et quelques bureaux dans l'immeuble d'à côté, vous voyez ?

— Et qu'est-ce que vous y faites ?

— Des costumes.

Phoebe sourit.

— Voilà qui explique vos vêtements superbes !

— Merci, répondit Chloé que le compliment fit rougir. Écoutez, il se peut que vous ayez plus de chance que vous ne croyez. Tout à l'heure, vous disiez que votre sœur était allée en cuisine pour y chercher un emploi ?

— Oui, c'est exact. Moi aussi, d'ailleurs, j'en cherche un.

— Osiris embauche.

— Vraiment ?

— Ce n'est ni très bien payé ni très exaltant. À longueur de journée, on travaille avec des vêtements.

Phoebe se redressa sur sa chaise.

— Des vêtements ? Mais j'adore ça !

— Tout le monde là-bas est très sympa. Ces derniers temps, il y a eu quelques complications, mais c'est un endroit agréable pour travailler. Si vous le voulez, on peut y aller tout de suite.

À l'instant où elles se levaient, Piper surgit de l'arrière-cuisine, un sourire triomphant aux lèvres.

— Hé, Phoebe ! J'ai d'excellentes nouvelles ! Je vais travailler ici et… tu partais ?

— Piper, je te présente Chloé. Il se peut qu'il y ait un boulot pour moi dans le cinéma. Toutes mes félicitations, mais il faut qu'on y aille ! dit Phoebe en saisissant le bras de Chloé.

La jeune femme était en train de remettre sa chaînette et cachait le pendentif sous le col de sa robe.

Ce départ ne dérangeait pas Piper. Il n'y avait qu'un seul poste disponible au restaurant et comme leur objectif consistait essentiellement à s'intégrer à l'époque et à trouver des sorcières, c'était plutôt une bonne tactique que de s'éparpiller dans la ville. Un rapide coup d'œil au pendentif que portait Chloé rassura Piper. Phoebe tenait une bonne piste.

— Euh… ravie d'avoir fait votre connaissance ! dit Chloé tandis que Phoebe la traînait pratiquement dehors.

Quand Piper se retourna, elle remarqua Grosse Bertha qui se dirigeait vers elle en se dandinant.

— Ils vous ont embauchée, hein ?

— Exact. Je m'appelle Piper.

Grosse Bertha fit une grimace.

— Vous avez de la chance qu'on manque de main-d'œuvre en ce moment. Il suffit de savoir respirer pour décrocher un job, de nos jours !

Mmmm ! Quel charmant caractère ! pensa Piper en tournant les talons pour attaquer sa journée de travail.

Une heure plus tard et quelque cent mètres plus loin, Phoebe sortait de son entretien d'embauche. La responsable des costumes avait accueilli Phoebe avec gentillesse et lui avait offert le poste d'assistante costumière la minute suivante. La recommandation de Chloé avait sans doute été très utile mais les complications mentionnées plus tôt par sa compagne y étaient également pour beaucoup.

Comme l'avait indiqué Chloé, Osiris était un petit studio appelé à se développer. Le plateau central était divisé en quatre unités minuscules. L'une représentait un bureau militaire, l'autre une cellule de prison, la troisième un séjour de famille modeste avec un poste de radio et la dernière, un Q.G. nazi quelque part sur le front. Bien sûr, les acteurs ne jouaient pas tous en même temps, mais c'était très astucieux.

Les perchistes et les cadreurs s'agitaient dans tous les sens tandis que leurs assistants portaient des rouleaux de câble pour brancher le matériel un peu partout. En haut, les éclairagistes orientaient les projecteurs tandis qu'une femme en pull noir relisait le script, doublant l'actrice vedette. La figurante habituelle était absente pour une raison dont personne ne semblait vouloir parler.

Cela grouillait dans tous les coins. Les bureaux étaient dans l'immeuble voisin, ce qui expliquait tous ces va-et-vient d'un endroit à l'autre. Les vêtements dont ils allaient avoir besoin pour le tournage de la journée étaient conservés dans le studio et Phoebe était chargée de les surveiller. Par ces temps de rationnement, ils avaient en effet tendance à disparaître comme par enchantement.

Chloé l'accompagna à l'un des bureaux du premier. Phoebe grimpa le vieil escalier en bois, atteignit le palier et le couloir du haut et s'arrêta pour surveiller le premier étage du studio.

Trois rampes avaient été installées dans le vide surplombant le plateau et les techniciens s'affairaient sur les derniers réglages de leur équipement.

Puis Chloé entraîna Phoebe vers un couloir où s'alignaient quelques vestiaires et une salle où étaient conservés les accessoires. Dans la pièce adjacente, Phoebe put apercevoir un homme plutôt séduisant qui passait son temps à se plaindre. Il portait un uniforme d'officier et on lui fixait les cheveux en arrière avec de la laque.

— C'est Freddy Booth, notre acteur vedette, chuchota Chloé. Un vrai gamin qui ne cesse de geindre !

Elles éclatèrent de rire et Chloé ferma la porte sur l'acteur capricieux. Puis la jeune femme l'entraîna vers une grande table jonchée de coupons de tissus, morceaux de soie et de vinyle dans un joyeux fouillis multicolore.

— Nous utilisons tous les matériaux possibles et imaginables, expliqua Chloé. C'est incroyable tout ce qu'on peut dissimuler avec une caméra. J'ai vu des bouteilles thermos transformées en vaisseaux spatiaux ou des briques de lait métamorphosées en gratte-ciel. Idem pour les vêtements. Certaines des tenues que nous assemblons peuvent sembler ridicules à l'œil nu, mais rivaliseront avec des robes valant des milliers de dollars à travers la lentille d'une caméra. Et maintenant, avec tous ces rationnements, il est plus important que jamais de se montrer créatif. Et ce n'est pas seulement ici.

— Ah bon ? demanda Phoebe, absorbée par les détails de ce nouvel univers.

— Chez nous, tante Lizzie s'est déjà lancée dans la fabrication de vêtements, pour elle-même et ses deux filles, en sacs de farine et aliments pour animaux parce que c'est tout ce qu'il leur restait comme tissu. Ça fonctionne ainsi un peu partout, maintenant. Les gens de la ville ne s'en rendent pas compte.

Chloé se dirigea vers une autre table et ramassa un collier qui semblait être orné de zircons.

— On arrive à créer des merveilles avec des bijoux en bakélite. Là, ça ne fait pas grand effet, mais vu à travers la caméra on dirait que le bijou provient de la collection de Tiffany.

Elles rassemblèrent les quelques éléments dont la responsable des costumes avait besoin puis redescendirent. Sur le plateau, on apportait les dernières touches au bureau de recrutement militaire avant de reprendre le tournage. Une très belle femme entra devant une Phoebe abasourdie.

Que faisait Paige ici ? Elle avait vu sa sœur à peine une heure plus tôt et la jeune sorcière avait alors l'air complètement flagada. Et voilà qu'elle se tenait au centre du plateau, calme, posée et… prête à jouer son rôle sous le regard des caméras.

— C'est impossible, murmura Phoebe.

La tenue que portait Paige, un uniforme féminin de l'armée très ajusté, ne correspondait en rien à ce qu'elles avaient acheté pour s'habiller *couleur locale*. Même ses cheveux étaient différents. Remontés sur le haut du crâne, ils disparaissaient dans une espèce de bibi en forme d'oiseau couleur olive foncé, assorti à un tailleur dont la jupe descendait sagement au-dessous des genoux.

— Oh, c'est fabuleux ! dit Chloé en venant se glisser à côté de Phoebe qui sursauta. N'est-elle pas superbe ? C'est Penny Day Matthews. Elle n'est pas encore une grande star, mais elle a cette présence, cette assurance… vous ne trouvez pas ?

Sur le mur du bureau, juste à côté de l'actrice, une affiche représentant une femme dans le même uniforme, un slogan disait : « Êtes-vous une fille au cœur étoilé ? Enrôlez-vous dans le corps de l'armée féminine. Votre pays a besoin d'auxiliaires et de nombreux métiers vous attendent. Engagez-vous dès maintenant ! »

De toute évidence, cette femme n'était pas Paige. Mais la ressemblance était incroyable !

Freddy, le casse-pied d'en haut, descendit l'escalier et vint se poster sur le plateau.

— Freddy est là ! annonça un assistant de plateau. On va enfin pouvoir commencer !

Une série de grognements s'éleva de l'équipe. Un vieil homme à l'air gentil, en costume gris pâle et arborant une moustache de phoque, avança vers Freddy et lui souffla quelques dernières recommandations puis se retira.

— C'est Oscar Lyons, expliqua Chloé en serrant contre elle des vêtements qu'on lui avait demandés. Il possède les Studios Osiris. C'est également lui qui produit et dirige tous les films.

Puis ce fut l'incontournable : « Silence, on tourne ! » aussitôt suivi de « Action ! ».

— C'est ridicule ! s'exclama, bouleversée, l'actrice qui ressemblait à Paige. Personne ne nous traite avec le respect auquel nous avons droit.

Freddy, le mâle impassible, riposta à peine.

L'actrice poursuivit :

— L'autre soir, Linda et moi sommes allées dans un restaurant avec nos uniformes et vous savez ce que l'on nous a dit ? C'est contre le règlement de donner une table aux femmes en uniforme si elles ne sont pas accompagnées. Ils nous ont demandé de partir ! C'est révoltant !

— Tu exagères sûrement, rétorqua sèchement Freddy.

Il la regardait à peine, préférant surveiller son propre reflet dans un petit miroir accroché au mur.

— Oh, Roderick, comment te faire comprendre ?

insista l'actrice en saisissant son bras et le secouant pour le forcer à la regarder. Nous sommes prêtes à nous battre et à mourir pour cette armée si c'est nécessaire. Nous participons activement à l'effort de guerre et les journaux se permettent de dire que nous sommes une bande de fofolles incompétentes. C'est tellement humiliant !

— Oh, oui… j'ai eu l'occasion de voir l'un de ces dessins animés sur vous, mesdames… assez amusant, je dois dire.

Frustrée, elle lui tourna le dos, s'assurant que la caméra saisissait un profil complet.

— Je pensais que toi, au moins, tu me comprendrais. Et pourquoi penses-tu que je fais cela ?

— Je n'en sais fichtre rien. Pourquoi ?

Elle fit volte-face.

— Parce que je t'aime, voyons ! Et je suis bien bête d'avoir cru que tu t'en rendrais compte !

L'acteur sembla décontenancé. C'était la première fois qu'il faisait montre d'une véritable émotion.

— Je ne sais que dire, avoua-t-il en secouant la tête.

— Dis que tu m'aimes, le supplia Penny Day.

Il se tourna vers la caméra et sourit.

— Non, honnêtement, c'est très ennuyeux, je sais, mais je ne vois vraiment pas quoi répondre. Souffleur ?

— Ahhhh ! cria l'actrice en descendant du plateau d'un pas rageur. Pourquoi est-ce qu'on ne me donne pas simplement un chimpanzé comme partenaire ?

— Ma chérie, je pense que c'est le cas, murmura Phoebe.

— Coupez ! cria Oscar en se dirigeant vers l'actrice pour la calmer.

Freddy fut entraîné sur le côté pour revoir son texte.

— De toute façon, ce scénario ne tient pas la route ! explosa l'actrice. Les femmes s'engagent pour servir leur pays, pas pour se faire remarquer par des crétins comme lui !

Une salve d'applaudissements d'une seule paire de mains s'éleva. Tout le monde se retourna et découvrit un très bel homme vêtu avec élégance qui s'avançait de l'ombre et s'approchait de l'équipe de tournage. Une demi-douzaine d'hommes, d'aspect moins engageant et raffiné, se postèrent en arc de cercle autour de lui.

Fichtre ! pensa Phoebe en voyant Chloé se raidir. *Pourquoi ai-je l'impression que nous avons là l'origine de toutes les « complications » ?*

— C'est Ned Hawkins, lui murmura Chloé.

En plus, il a un nom ! Je vais demander à Cole s'il a également une réputation.

Le sosie de Paige croisa les bras quand Ned s'approcha d'elle tandis que l'équipe s'écartait pour le laisser passer.

— Vous avez raison, dit Ned. Une femme comme vous ne devrait pas s'inquiéter d'être remarquée par un imbécile comme lui. Vous devriez l'être par un homme comme *moi*. D'ailleurs, vous l'êtes.

L'actrice se raidit.

— Que voulez-vous ?

— Oh, mais ne le prenez pas sur ce ton. Soyez sûre

que si vous commencez à être remarquée par moi, votre vie va devenir un véritable rêve, ma poulette !

— Vous venez vraiment de m'appeler poulette ?

— En effet. C'est charmant de vous voir en colère, mon petit. J'aimerais mieux vous voir vous pâmer d'amour pour moi. Je suppose qu'il faut se contenter de ce qu'on a !

— Parfait ! Parce que vous n'aurez rien !

L'actrice tourna les talons et s'éloigna.

Il commença à la suivre, mais Oscar s'interposa entre eux.

— Monsieur Hawkins… commença le petit homme d'une voix rauque.

— Ned. Appelez-moi Ned. J'aime que les gens avec lesquels je travaille se sentent en famille.

— Monsieur Hawkins, répéta Oscar, ce plateau est une propriété privée. Ce qui veut dire qu'il est interdit d'accès à toute personne non autorisée. Et je n'autorise pas les gens qui viennent déranger le tournage.

— Moi ? Déranger ? Jamais de la vie !

— C'était le terme le plus poli qui me soit venu à l'esprit devant un voyou de votre espèce !

Ned éclata d'un rire tonitruant.

— Ah ! Les gens du spectacle me feront toujours rire !

Puis son sourire s'évanouit.

— Maintenant, allons à votre bureau pour discuter affaires.

— Je n'ai nullement l'intention de discuter avec vous !

— Oh, je n'en suis pas si sûr. J'ai entendu dire qu'Osiris s'agrandissait, s'ouvrait à l'international. Ce qui veut dire que nous avons vraiment besoin de parler affaires.

— Sûrement pas !

Phoebe vit Freddy s'éclipser vers l'escalier et les vestiaires du premier étage.

— Ça ne se passe pas très bien pour vous, ces derniers temps, dit Ned. Vous perdez du personnel à gauche et à droite, vous semblez jouer la malchance…

Soudain, un cri provint de l'escalier. Phoebe se retourna à temps pour voir Freddy dégringoler l'escalier puis se relever en se tenant la cheville.

— Ma jambe ! Ma jambe ! geignait-il.

Une douzaine de personnes se précipitèrent vers lui.

— Vous voyez ce que je veux dire ? demanda Ned. C'est vraiment de la malchance, n'est-ce pas ? J'ai bien sûr lu le script et j'ai une assez bonne idée de ce qui se passe. Vous avez déjà tourné les scènes d'action et vous pouvez boucler le film avec des gros plans. À condition qu'il ne lui arrive rien d'autre… Ce serait vraiment le comble de la malchance, pas vrai ?

— Ce serait notre ruine.

— En effet, Oscar. Alors allons parler affaires, voulez-vous ?

À contrecœur, Oscar demanda une pause et accepta de s'entretenir avec Ned et ses hommes dans le bureau voisin.

Phoebe suivit Ned des yeux. Se pouvait-il qu'il soit un autre de ces démons ? C'était fort possible, étant donné ses cheveux couleur sable, les yeux gris-bleu et le truc dingue qui venait juste d'arriver à Freddy.

Et si c'était le cas, alors il y avait une autre raison derrière la théorie de Cole, pour expliquer leur présence en ce temps et lieu précis. Il était fort possible qu'on avait besoin des Charmed et que le producteur et son équipe étaient les innocents qu'elles devaient sauver !

— Qu'y a-t-il ? demanda Chloé qui avait remarqué l'inquiétude de Phoebe.

— Ces types, répondit Phoebe. Ils ne sont pas humains.

— Ne m'en parle pas !

J'ai pourtant failli le faire ! songea Phoebe. Chloé croyait que Phoebe parlait du comportement brutal de Ned et de ces hommes. Pour l'instant, il valait mieux lui laisser croire que Hawkins était une de ces nombreuses crapules qui essaient d'infiltrer le monde du cinéma. Pour sa sécurité, il était préférable qu'elle ne l'associe pas à quelque chose de vraiment démoniaque. *À moins, bien sûr, qu'elle l'ait déjà fait, ce qui expliquerait pourquoi elle est à la recherche de sorcières.*

Phoebe pensait sérieusement que ce Ned avait des aspects inhumains. Étant donné ce qui venait d'arriver à Freddy, sur simple commande, elle songeait carrément que Ned était un démon.

Une magie malsaine s'installait en ces lieux.

Un des sbires de Hawkins passa un peu trop près d'elle en suivant son patron et la bouscula légèrement.

— Restez naturelle, dit-il, amusé de son agacement. Ne vous en faites pas.

Phoebe observa soigneusement le grand type et les autres malfrats tandis qu'ils se retiraient avec Oscar.

Naturelle ? Il n'y avait rien de naturel dans tout ça. C'était plutôt surnaturel !

Seule Chloé se rendit compte que Penny Day Matthews se dirigeait en silence vers la sortie, à l'autre extrémité du studio. Elle prit la main de Phoebe et ensemble, elles rattrapèrent Penny juste avant qu'elle ne sorte.

— Ne nous dites pas que vous aussi, vous partez ! supplia-t-elle. Je vous promets que nous trouverons un moyen de nous débarrasser de Hawkins.

— Je veux bien croire que vous en êtes persuadée, mon petit. Mais j'ai grandi à côté de types comme Ned. Il sait ce qu'il veut et n'accepte pas de refus. Ni venant d'Osiris, ni de moi. Je ne veux pas que d'autres personnes en pâtissent. Ce travail, même passionnant, n'en vaut pas la peine. Mes bagages sont déjà prêts, dans ma voiture, depuis deux jours. À l'heure du dîner, je serai en route pour un endroit où personne ne pourra me trouver avant au moins deux mois. Et vous savez pourquoi ? Parce que même moi je ne sais pas encore où je vais aller.

— Je vous en prie, Penny ! insista Chloé. Ils vont interrompre le film. Oscar sera ruiné !

— Désolée, mon petit. Je vous aime bien et c'était également mon rêve. Mais c'est terminé.

L'actrice tourna les talons et partit sans un autre mot.

— Mais qu'est-ce qu'on va faire ? s'affola Chloé. Il faut qu'elle reste, sinon il n'y aura pas de film !

— En fait, je pense qu'elle a raison, déclara Phoebe dont l'esprit tournait à mille à l'heure. Et je ne pense pas que tout soit fini pour Oscar et son studio. D'ailleurs, j'ai comme l'impression que cela ne fait que commencer !

CHAPITRE 6

Ce soir-là, Phoebe raconta à ses sœurs ce qu'elle avait vu et entendu au studio.

— Alors, si j'ai bien compris, conclut Paige, un peu secouée par ces nouvelles, j'ai failli me retrouver nez à nez avec une ancêtre de mon père et elle vient de disparaître dans la nature ?

— C'est à peu près ça, admit Phoebe en caressant les cheveux de sa sœur. Je suis désolée, ma chérie.

— J'ai l'impression qu'ils ont de sérieux problèmes chez Osiris, déclara Piper. En travaillant au bar, j'ai entendu dire que l'entreprise rencontrait de nombreuses difficultés, ces temps-ci.

Phoebe hocha la tête.

— D'après moi, l'innocent à sauver c'est Oscar ! Il se peut que nous ayons été attirées ici pour l'aider. J'ai parlé à Cole et il m'a promis de faire des recherches sur ce Hawkins.

— Tu disais qu'il ressemble au type que Cole a aperçu l'autre jour ? s'enquit Paige.

— En tout cas, il a les mêmes yeux gris-bleu. Et j'ai également vu ce type au *Mirror*. Il était accompagné d'un autre lascar avec le même genre d'yeux. J'ai l'impression qu'ils nous ont tendu un piège.

— Hummm, marmonna Paige. Tu crois qu'Osiris est menacé par les ancêtres des types qui sont à l'origine de nos malheurs ?

— C'est possible. Les ancêtres ou carrément les mêmes ! Tu sais, les démons peuvent être vraiment très vieux sans que cela se voie. Comme Cole, par exemple.

On frappa violemment à la porte. Phoebe interrogea ses sœurs du regard, puis alla ouvrir.

Cole entra en titubant, le visage tuméfié et couvert de sang. Phoebe se précipita vers lui sans hésiter et le prit dans ses bras pour l'empêcher de tomber. Puis elle le dirigea vers un petit fauteuil en bois où elle l'aida à s'asseoir. Il grimaçait de douleur à chaque mouvement et laissa échapper des gémissements. On avait l'impression que la moindre parcelle de son corps le faisait souffrir. Piper et Paige se hâtèrent vers la boîte de pharmacie que le médecin de l'hôtel avait laissée dans leur chambre.

— Que s'est-il passé ? demanda Phoebe.

Elle s'en voulait. Malgré tous ses efforts pour rester indifférente à cet homme, elle s'inquiétait profondément pour Cole.

— Je suis allé voir quelques vieux copains, répondit-il, assailli d'une quinte de toux.

Celle-ci ne se calma qu'après avoir avalé quelques gorgées d'eau que venait d'apporter Paige. Puis ce fut Piper qui s'approcha de lui avec la boîte à pharmacie. Elle imbiba du coton avec de la teinture d'iode.

— Attention, ça va faire un peu mal.

— Pas de problème, répondit Cole en se laissant aller contre le dossier, appuyant la tête contre le mur.

Ce qui ne l'empêcha pas de pousser des gémissements quand Piper passa le coton sur ses plaies. Phoebe aida ses sœurs à lui retirer veste et chemise. Quand il refusa fermement la visite du médecin de l'hôtel, elles bandèrent également ses côtes blessées.

— S'ils me voyaient dans cet état, ils nous ficheraient tous dehors manu militari, expliqua Cole pour justifier son refus. Et puis, ce n'est pas très grave. Je suis peut-être mortel, mais je m'y connais en coups et blessures.

Oui, pour en avoir infligé aux autres quand tu étais un démon, n'est-ce pas ? pensa Phoebe.

— Tu as donc vu de vieux copains… répéta Piper pour remettre Cole sur les rails.

Il se redressa sur le siège et poussa un petit grognement de douleur.

— Exact. Tout ce que je peux dire, c'est que ces démons me craignaient, jadis. Apparemment, ce n'est plus le cas aujourd'hui !

— Tu t'en es seulement rendu compte quand ils t'ont tabassé, n'est-ce pas ? demanda Phoebe.

— Il y a un peu de ça, oui. Je suis tout de même arrivé à leur soutirer quelques renseignements avant qu'ils comprennent que je n'étais plus un danger pour eux. Puis j'ai encore pu entendre quelques bribes de conversation pendant qu'ils me bourraient de coups de pied. Ah, ce ne sont pas des tendres !

— Il doit y avoir un moyen plus simple d'obtenir des informations, fit remarquer Phoebe.

Décidément, sa compassion pour Cole la surprenait elle-même.

— Je dois avouer que cela faciliterait grandement les choses si nous pouvions disposer du *Livre des Ombres* pour savoir à qui nous avons affaire, déclara Cole.

— Pour l'instant, ce n'est pas une option, railla Phoebe en tentant de contre-balancer sa faiblesse de tout à l'heure. Et si tu nous disais plutôt ce que tu as appris.

Cole fit une grimace, prit une longue inspiration et changea de position pour soulager ses douleurs. Puis les sœurs l'aidèrent à se lever et à renfiler sa chemise et sa veste.

— On en revient plus ou moins à la même chose, où qu'on aille. Chez vous, les humains, il y a tous ces milieux de la criminalité plus ou moins organisée : les voleurs, les assassins, les maîtres chanteurs… bref, la pègre. Et vous avez également les réseaux démoniaques qui étendent leur influence maléfique avec leurs guerres intestines, leurs conflits d'intérêt et de pouvoir, bref… vous connaissez le topo. Cela existe de nos jours, cela existait aussi en 1942. Le problème, c'est qu'il y a une interaction entre les deux. Des démons cherchent à se servir des mécanismes mis en place par les humains…

— Comme toi, par exemple, qui te faisais passer pour un avocat, fit remarquer Phoebe.

— J'ai tout de même passé l'examen du barreau ! protesta Cole. Je n'ai pas simplement fait apparaître un certificat par magie pour le coller au mur !

— Bon, ce n'est pas le moment, les enfants… intervint Piper.

— Bref. Il y a donc ces interactions. Les malfaiteurs humains et les démons lient des alliances parce que leurs intérêts se chevauchent. Il y a parfois des humains qui essaient de s'emparer de pouvoirs surnaturels. Mais c'est souvent l'inverse qui se produit. Hawkins et sa bande ne sont pas vraiment d'ici. Ils viennent d'une dimension démoniaque où les règles de la société étaient très strictes, très régentées. La vie y devenait donc terriblement prévisible. On avance de quelques millions d'années dans le cours du temps. Aujourd'hui, les choses en sont arrivées à un point où tout le monde sait ce qui doit arriver à un moment donné, dans une situation donnée, généralement avant que cela se produise. Ils ont évolué. Ce pouvoir est devenu pour eux un mécanisme de survie.

— Ils ont donc un sixième sens.

— Exact. Ça, c'est une chose. Mais afin de pouvoir se battre entre eux pour le pouvoir, la richesse, la gloire, les femmes ou je ne sais quoi d'autre, il faut être meilleur que les autres, comme partout ailleurs. Le clan des Hawkins est particulièrement doué dans ce genre d'affaires et ils peuvent même faire autre chose : ils exercent une espèce d'influence physique sur les gens ou les événements.

— Ils jettent donc des sorts, dit Piper.

Le visage de Cole s'assombrit.

— Ce que j'essaie de vous faire comprendre, c'est qu'ils sont extrêmement dangereux. Neuf fois sur dix, ils obtiennent ce qu'ils veulent.

— Génial ! Et alors ? Qu'est-ce qu'ils veulent ? demanda Phoebe. Pourquoi harcèlent-ils Oscar et Osiris ?

— Bonne question. Je suis seulement arrivé à apprendre que Hawkins et son clan sont impliqués dans quelque chose d'important. Il ne s'agit pas seulement d'extorsion de fonds ou de blanchiment d'argent. J'ai entendu l'un d'entre eux mentionner des « objets de pouvoir » et, d'après la manière dont il en parlait, Hawkins ne s'amuse pas avec de la magie à la petite semaine !

— Nous avons déjà eu affaire à des vrais pros de la magie, déclara Phoebe. Il nous suffit de découvrir où ils se trouvent et Piper peut les exterminer. C'est sûrement plus important que ça.

Cole n'allait pas se laisser dévier de son sujet si facilement.

— Les gens préfèrent généralement l'ignorer, mais il existe des dagues, des épées, des bijoux, quelques amulettes qui permettent d'ouvrir des mondes, d'affecter des destins. J'ai l'impression que ces types sont parvenus à mettre la main sur certains de ces trésors magiques et se sont lancés dans une entreprise de grande envergure.

— Et ils ont besoin d'Osiris pour parvenir à leurs fins, c'est cela ? demanda Paige.

— C'est ce que je pense, répondit Cole. Il nous faudrait quelqu'un qui puisse s'infiltrer dans tout cela, s'approcher de Hawkins pour connaître les détails.

Cole avait regardé en direction de Paige en disant cela, tout comme le faisait Phoebe.

— Oh, minute, papillon ! protesta Paige. Moi ? Je suis censée jouer l'espionne ?

— Tu disais que ces types savent tout, voient tout, n'est-ce pas ? Ils vont s'en rendre compte immédiatement ! C'est de la folie ! protesta Piper, paniquée.

— Mais non, c'est parfait ! Il est vrai que ces démons sont très puissants et particulièrement arrogants. Mais Ned tombera dans les filets de Paige non seulement parce qu'il est trop sûr de lui, ce qui le rend aveugle. Mais aussi parce que ta sœur, contrairement à Penny, se mettra en mode séduction et flattera son orgueil de mâle. Inconscient du piège, il sera d'autant plus vulnérable.

— J'en ai déjà parlé à Chloé. Elle veut bien nous aider.

— Je... je ne sais pas... commença Paige.

— Ma chérie, il y a beaucoup d'innocents impliqués dans cette histoire, dit Phoebe. On ne peut pas les laisser tomber.

— Bon, d'accord ! finit par capituler Paige. Et comment vais-je lui faire comprendre que sa petite Penny a changé d'avis et va dorénavant accepter ses avances grossières ?

— C'est simple. Tu n'as qu'à faire un tour au studio tout de suite, suggéra Piper.

— Je n'en ai pas les clés.

— Chloé pourra t'aider pour ça. Elle possède un double du trousseau de Penny pour s'occuper de ses affaires quand celle-ci se rend à New York pour des auditions.

— Alors c'est super ! déclara Paige en écartant les bras. Faites de moi une star !

Tout le monde s'affaira autour de Paige quand elle arriva au studio le lendemain pour travailler. Rien de plus normal. Ne croyaient-ils pas qu'elle était Penny Day Matthews. La ressemblance était incroyable. Elles avaient la même voix. Cela faisait des semaines que Penny travaillait avec cette équipe, et dix jours de tournage sur les vingt nécessaires pour le film étaient déjà dans les boîtes.

On l'envoya se faire coiffer, maquiller et Chloé ne la quittait pas une seconde. Paige n'en menait pas large car elle devait jouer un double rôle : retenir son texte pour la scène à tourner, ce qui n'était finalement pas très difficile puisque cela faisait des mois qu'elle mémorisait des incantations pour les sortilèges. À côté de cela, le dialogue insipide qu'elle devait apprendre pour le rôle n'était qu'un jeu d'enfant. Et puis, devant une caméra de cinéma, elle pouvait se reprendre plusieurs fois jusqu'à ce que la scène soit parfaite.

Les sortilèges, en revanche... En se trompant d'un mot au cours d'un combat, on risquait d'être anéanti à la place de l'ennemi !

À dire vrai, c'était son deuxième rôle qui l'inquiétait quelque peu. Penny avait établi des relations avec les autres membres de l'équipe que Paige ne connaissait même pas. Chloé lui avait donné le plus de renseignements possible, mais il y avait tant de choses à retenir que Paige s'était sentie découragée. Il ne lui restait plus qu'à se forger sa propre opinion sur tous ces gens et à nouer avec eux une toute nouvelle relation.

Le premier objectif de Paige était de faire promouvoir Chloé comme assistante personnelle. Oscar ne s'y était pas opposé. En ce qui le concernait, sans Chloé, l'actrice ne serait pas revenue et la production serait tombée à l'eau. Ce qui était vrai, mais il ne connaissait pas tous les détails du revirement de Penny. Moins il y aurait de personnes au courant de la permutation, mieux ce serait.

C'était donc le rôle de Chloé d'intervenir chaque fois que quelqu'un s'adressait à Paige, en l'appelant bien sûr « Penny ».

— Penny, aurais-tu dix minutes à consacrer à un journaliste du *Chronicle* ?

— C'est formidable, Roger ! disait Chloé. Comme c'est excitant ! Penny, ne trouves-tu pas que Roger fait un travail fantastique en tant qu'attaché de presse ?

— C'est vrai, Roger ! répondait Paige. Merci !

En même temps, Paige pensait à toute allure : *Roger... voyons... Roger, rime avec danger. Pas mal, il est plutôt mignon et a l'air de courir les jupons.*

Ou :

— Penny, ma chérie, voici les changements pour aujourd'hui !

— Oh, Lucy ! Tu es merveilleuse ! disait Chloé. Tu es une scripte remarquable !

Lucy... Lucy... Comme dans la chanson des Beatles. Je me demande comment je vais me souvenir de tous ces gens !

Mais au fur et à mesure qu'avançait la journée, la tâche devenait plus simple.

Et Freddy ! Le rôle principal du film. Qui aurait cru que tant de vanité pouvait tenir dans un mètre soixante-dix de chair et d'os !

Il jouait affreusement mal et passait sa journée à se plaindre ou à annoncer les pires catastrophes. Et, malgré le plâtre qu'il portait à la jambe, il ne perdait pas une occasion de faire le joli cœur !

La première épreuve difficile de Paige concernait essentiellement la scène de l'annonce du bombardement de Pearl Harbor et l'entrée en guerre des États-Unis. Afin de simuler au mieux le choc que l'héroïne devait ressentir à cette occasion, Paige se rappela simplement les émotions qui l'avaient submergée quand elle s'était réveillée à l'hôpital en apprenant que ses parents étaient morts dans l'accident de voiture et que plus rien ne serait jamais pareil.

Étrangement, ce retour en arrière se révéla davantage comme un nettoyage spirituel qu'une torture et tous ses collègues furent impressionnés par la justesse de sa performance.

La deuxième épreuve se matérialisa sous la forme de l'arrivée de Ned sur le plateau, juste après leur pause déjeuner.

Diabolique ou non, c'était vraiment un très bel homme ! Ce qui simplifierait bien sûr la tâche que Paige s'était fixée.

Il la regarda bizarrement, abandonnant immédiatement son rôle de petit dur.

— Vous semblez… différente.

Peut-il se rendre compte que je ne suis pas Penny ?

Paige refusa de céder à la panique.

— C'est parce que j'ai réfléchi.

— À quel sujet ?

— Nous.

Il sourit puis s'efforça de reprendre une expression neutre.

— Je ne m'étais pas rendu compte qu'il y avait un « nous ».

Elle haussa les épaules.

— Si vous n'êtes pas intéressé…

Sur ce, elle tourna les talons et s'éloigna.

— Oh ! Oh ! dit-il en courant après Paige pour lui barrer la route. Je n'ai pas dit cela, ajouta-t-il, perdant complètement sa façade de composition. C'est juste tellement… inattendu.

— Vous ne vous attendiez pas à ce que je tombe dans vos bras si vite, pas vrai ?

— Je ne sais pas. C'est ce qui est en train de se passer ?

Paige se sentit plus calme, plus maîtresse de la situation.

— Possible. Si vous jouez vos cartes intelligemment.

— D'accord. Voulez-vous qu'on passe une sorte de contrat ? demanda-t-il, une lueur amusée dans ses prunelles gris-bleu.

— Vous êtes chiche ?

— Pourquoi pas.

— Alors parlons des termes de notre accord. Je sors avec vous, c'est-à-dire que nous allons dîner ensemble. Rien de moins, rien de plus. Je ne serai pas votre petite amie, votre poulette ou qui que ce soit. Vous allez vous comporter en parfait gentleman. Essayez d'avoir les mains baladeuses, et vous le regretterez. N'espérez rien et vous ne serez pas déçu. Vous aurez ma compagnie, mon attention et je vous donnerai peut-être l'occasion de changer la très mauvaise opinion que j'ai de vous. Mais c'est tout ce que vous aurez.

— Ça me semble raisonnable. Qu'espérez-vous en retour ?

— Vous laissez Oscar et Osiris tranquilles. Plus d'accidents. Plus de menaces. Si vous voulez quelque chose d'Oscar, vous le lui demandez comme un homme d'affaires et s'il refuse, tant pis. Pas de répercussions, pas de représailles.

Ned sourit.

— Vous avez fini ?

Elle hocha la tête et Ned éclata de rire.

— Quoi ? demanda-t-elle, surprise et quelque peu agacée.

— Vous devriez faire partie de mon équipe d'investisseurs, dit-il. Vous êtes plus coriace que Barrish, quand vous négociez une affaire. Et c'est le type qui m'a rendu riche !

— Vous êtes très proches tous les deux ? demanda-t-elle en allant à la pêche aux informations.

— C'est mon conseiller le plus précieux. Un père de substitution, aussi.

— Et que pense ce papa de moi ? s'enquit Paige.

— Il dit que vous êtes trop compliquée et que je ne devrais pas m'éparpiller.

— Il a raison.

— Je le sais bien. Certaines choses sont inévitables, je suppose.

Paige sourit.

— Nous finirons bien par le découvrir.

En fait, ce rapprochement avec Ned pouvait avoir de nombreux avantages vis-à-vis des personnes qu'elle côtoyait au studio. Cela expliquerait son attitude inhabituelle, parfois distraite ou préoccupée ou rendrait ses erreurs compréhensibles. Ah, les femmes, quand elles sont amoureuses…

De plus, si Cole avait raison et que ces types trafiquaient avec des objets magiques volés, les retrouver permettrait de faciliter leur retour à tous dans l'époque contemporaine.

Bien sûr, il y avait le problème de ce clan qui suivait Ned partout. Ces démons avaient l'air tellement coincés !

Elle devrait leur proposer une partie de chaises musicales, cela les aiderait peut-être à se lâcher un peu ?

— Alors… nous dînons ensemble ? proposa Ned.

— Oui, pour commencer. Passez me prendre à vingt heures.

— C'est comme si c'était fait.

Il se retourna et sa main frôla celle de Paige. Elle ressentit presque une décharge électrique passer entre eux et s'inquiéta pour la première fois. Peut-être devrait-elle se méfier. Elle risquait bel et bien de tomber sous le charme de cet homme.

CHAPITRE 7

Une fois que Paige avait accepté l'invitation à dîner de Ned, elle se demanda si elle sortirait indemne de l'épreuve. Contrairement à toute attente, elle le trouvait d'une compagnie fort agréable.

Était-ce parce qu'elle avait parfois un faible pour les voyous ? Ou était-ce autre chose ?

Ned avait invité Paige chez *Romanoff*, sur Rodeo Drive. La cuisine française y était la plus fine de tout Los Angeles et la jet set qui venait y dîner supportait les chapelets d'injures du propriétaire et les molosses rebutants qui dînaient à ses pieds. Grucho Marx était attablé avec Louis Mayer, Billy Wilder avec Alfred Hitchcock. Une plaque de bronze gravée au nom de Humphrey Bogart était accrochée à une banquette. D'après la rumeur, Bogie déjeunait ici chaque jour quand il n'était pas sur un tournage.

— J'adore les histoires sur cet endroit, dit Ned. Avez-vous lu l'article dans *Life* ?

Paige secoua la tête.

— Bien. J'aime raconter celle-ci. Vous voyez ce type là-bas, avec les bouledogues ? Il est connu sous le nom de Prince Mike, un diminutif pour Michael Romanoff, cousin de l'ancien Tsar de Russie.

— Impressionnant !

— Pas tant que ça, en fait. À dire vrai, c'est un immigrant lithuanien du nom de Harry Gerguson. Ce qui est impressionnant, c'est qu'il est venu ici avec ses bonnes manières du Vieux Monde et son accent d'Oxford et a décidé de se faire passer pour un personnage de sang royal. Très vite, il a été invité à toutes les soirées huppées, a joué au polo lors des plus grands matchs et les studios l'ont rapidement mis à contribution en tant que conseiller technique pour tout ce qui est censé se dérouler en Russie.

Paige n'en revenait pas.

— Et personne ne va fouiller son passé ?

— Oh, ils le font, mais finalement ils l'aiment bien. Il ne manque pas de courtisans ! Alors tout le monde joue le jeu. Il y a deux ans, il a décidé d'ouvrir ce restaurant et Jack Warner, Cary Grant, Darryl Zannuck, bref, toutes ces stars ont participé au financement. L'année dernière il leur a racheté la totalité de leurs parts.

— Et tout le monde pense que c'est une bonne chose ?

— C'est ainsi, l'Amérique, dit-il. Vous êtes ce que vous prétendez être. Et Hollywood… c'est là que les rêves deviennent réalité. C'est parfait !

— Et vous ? Qu'avez-vous comme rêves ? demanda Paige.

— Il m'est impossible de vous le dire. Banzaf… Barrish, corrigea-t-il aussitôt, me ferait la peau !

Paige surprit Ned en train de l'observer, tentant de savoir si elle avait relevé ce petit lapsus. Prudente, elle baissa les yeux et changea de sujet.

— Toute ma vie j'ai rêvé de réussir dans ce que je fais, dit-elle. Mais selon ma propre déontologie. Vous comprenez cela ? Personne pour tirer les ficelles.

— Ne vous attendez pas à ce que je vous contredise, répondit-il, un peu plus détendu.

Il semblait en effet soulagé qu'elle n'ait pas réagi à son lapsus. Mais Paige n'était pas dupe. Elle savait que certains démons étaient dotés d'un double nom, l'officiel et l'officieux, et les connaître donnait du pouvoir sur eux.

— Avez-vous grandi ici ? demanda-t-elle.

— Non, à Gross Point, aux abords de Chicago. Mon père possédait un club et, après la crise de 29, je gagnais de l'argent de poche en tant que caddie ou en remettant en place les quilles dans les couloirs de bowling. J'ai fait un peu de show-biz pendant quelques années pour visiter le pays et j'ai même voyagé dans un camion réfrigéré. Mais je me souvenais toujours de tous ces gens qui fréquentaient le club.

Page sourit. Quand il s'enthousiasmait, son accent de Chicago revenait sans qu'il y prenne garde.

— Et aujourd'hui, que faites-vous exactement ? s'enquit-elle pour étoffer ses renseignements.

Ned leva un doigt et sourit presque :

— Considérez-moi comme un architecte. Au lieu de créer des immeubles, je provoque des circonstances, des occasions qui à leur tour créeront des opportunités. J'étudie les probabilités, j'exerce une certaine forme de pouvoir sur les gens et les événements.

Il fit un geste et les lumières se tamisèrent. Un murmure s'éleva parmi les clients du restaurant.

— Que s'est-il passé ? demanda Paige.

— Je ne sais pas. Il a dû y avoir un court-circuit. Quelle chance, c'est beaucoup plus romantique, ainsi.

Un serveur vint allumer les bougies de leur table.

— Très juste, admit Paige.

Un type adorable, pensa Paige. *Je lui accorde ça. Ça, et peut-être un baiser de bonne nuit.*

Peut-être.

S'il le fallait.

Oh, oui, quelle torture ce serait, se moqua-t-elle d'elle-même.

— Pourquoi ne faites-vous pas de cinéma ? demanda-t-elle. Vous êtes plutôt mignon.

Elle rougit à sa question impulsive et si peu discrète sur ses sentiments personnels. Cet homme avait-il une influence magique sur elle ? Était-elle sous son charme ? Ressentait-elle vraiment une espèce de connexion avec lui ?

— Je n'ai absolument aucun talent dans ce domaine, avoua-t-il avec une fausse modestie qui ne lui ressemblait pas.

Paige pensa que cet homme devait jouer un rôle en permanence. Il n'avait pas le choix s'il voulait parfaitement s'intégrer dans la société humaine. L'agacement de Paige devait se voir, car il ajouta aussitôt :

— J'ai été tenté, mais cela n'aurait pas été très intelligent. Je suis avant tout un homme d'affaires. Pour réussir, il faut se concentrer sur une chose jusqu'au bout. Qu'est-ce j'avais lu quelque part ? Ah oui : « Sois complètement là dans l'instant présent et donne-lui toute ton attention. »

Il était installé confortablement, ses mains sur la table, légèrement fermées, les pouces toujours en évidence. Bizarre.

Il remarqua qu'elle l'observait.

— C'est une chose que Barrish, mon conseiller, m'a enseigné. Si tu caches tes pouces, les gens pensent que tu n'es pas digne de confiance. Montre-les et les gens se détendront. Je ne saurais vous dire pourquoi.

— C'est probablement lié au comportement des ennemis, dit-elle en se rendant soudain compte qu'elle-même cachait ses pouces.

Elle se détendit et posa les mains à plat sur la table. Après tout, elle n'était pas venue ici pour se battre. Il fallait qu'elle en apprenne davantage sur ceux qu'elle et ses sœurs devaient affronter, leur faire baisser la garde.

— Oh, je n'ai pas à me soucier de ce genre de

chose, dit-il. Les gens sont assez transparents, en ce qui me concerne.

— Oh, vous êtes très sûr de vous, fit-elle remarquer.

Le sourire de Ned était digne d'une star de cinéma, cela ne faisait aucun doute.

— La plupart des femmes considèrent l'assurance comme une qualité. Et vous ?

Paige pencha la tête de côté.

— Je pense que la qucstion que vous devriez vous poser est la suivante : ressemble-t-elle à la plupart des femmes ?

Il rit de bon cœur, baissant la garde.

— Je vous aime bien, Penny. Nous allons passer de bons moments ensemble, je le sens.

— Ah oui ? susurra-t-elle en prenant un air de vamp qu'elle avait déjà pratiqué seule devant une glace à ses moments perdus.

Finalement, ce rôle n'allait pas être aussi difficile qu'elle l'avait imaginé. En fait, Paige devait même se surveiller pour ne pas trop s'amuser. Une Charmed amoureuse d'un démon, c'était largement suffisant !

Phoebe se changea et enfila ses vêtements modernes, un luxe qu'elle ne pouvait s'offrir que derrière les verrous soigneusement tirés de la porte de la chambre qu'elle partageait avec Paige et Piper. Être trois dans une même chambre signifiait que l'une d'elles devait dormir par terre. Ces derniers temps, c'était Paige, vu les heures tardives auxquelles elle rentrait après de longs moments passés au bras d'un démon.

Cole, naturellement, avait offert à Phoebe de partager sa chambre avec elle, sur le deuxième lit.

— Je t'assure, pas de bêtises, ressassait-il comme un mantra. Toi, tu détiens toujours tes pouvoirs et tu pourrais facilement me botter le derrière si je tentais quelque chose !

Phoebe était certaine d'être capable de botter l'arrière-train de Cole avec ou sans pouvoirs, mais elle préférait ne pas s'engager dans ce genre de discussion. Il valait mieux se concentrer sur leur tâche afin de pouvoir rentrer chez eux le plus rapidement possible et retrouver leurs vies respectives et… séparées. Phoebe n'avait surtout pas envie de se retrouver coincée à cet endroit et à cette époque, en particulier avec Cole.

Une légère brise vint caresser les cheveux de Phoebe. Elle se retourna et remarqua avoir laissé la fenêtre ouverte, les rideaux tirés sur les côtés.

Oh, zut ! Je parie que tout le quartier m'a vue porter ces vêtements. Et, hum… les enfiler !

On frappa à la porte. Trois coups brefs.

Cela ressemblait fort à un signal. Trois coups. Le Pouvoir des Trois… mais elle n'avait pas convenu d'un code avec ses sœurs. Piper devait encore travailler durant une heure et Paige rentrerait tôt ce soir uniquement si quelque chose tournait au vinaigre avec son nouveau Roméo-Démon.

Elle considéra les vêtements du XXIe siècle qu'elle

venait d'enfiler et adora leur contact délicieux sur sa peau. Mieux valait qu'elle enfile un peignoir par-dessus afin que le visiteur ne lui pose pas trop de questions.

Piper et Paige avaient chacune leur clé. Il ne restait donc plus que Cole ou peut-être un membre du personnel de l'hôtel.

On frappa de nouveau, de manière plus insistante, cette fois. Et si c'était M. Peters, le type qui ressemblait à un phoque, venant se plaindre du bruit ou demander une augmentation du loyer ?

Je ne veux pas te répondre, pensa Phoebe comme une gamine de cinq ans. *Va-t'en !*

Seul le silence lui répondit.

— Bon, murmura Phoebe.

Soudain, une luminescence éclatante se tatoua sur la porte, et elle put lire « NE PANIQUEZ PAS ! » sur le bois. Puis une femme, vêtue d'une longue robe noire, fondit littéralement à travers la porte, ses cheveux d'un noir d'encre flottaient autour d'elle, mus par l'énergie magique qu'elle contrôlait. Elle était époustouflante. Mais le Mal ne l'est-il pas souvent ?

— Oh, là ! cria Phoebe en reculant brusquement, cherchant des yeux un endroit assez dégagé pour se battre dans cette pièce déjà très encombrée.

La femme affichait une expression patiente et douce, très surprenante par rapport à son allure provocante et sensuelle. Une taille de guêpe, des jambes interminables, une cascade de cheveux noirs, descendant jusqu'aux reins… Tout en elle trahissait la créature des ténèbres. Et pourtant, il s'en dégageait une aura de bonté.

Elle écarta les mains en signe de non-agression.

— C'est Chloé qui m'envoie, je suis une sorcière comme toi. Détends-toi, ne panique pas.

Phoebe fut rassurée, mais pas complètement.

— Vous êtes une sorcière… répéta-t-elle doucement d'une voix blanche.

La femme rit.

— Oh, on m'a déjà traitée de pire que ça !

— Ce n'est pas ce que je voulais dire. Mais vous en êtes une comme…

Phoebe voulait ajouter « comme moi », mais se ravisa.

— Je comprends ta réticence à révéler qui et ce que tu es, répondit la femme avec un sourire amusé. Mais je crains avoir révélé ton secret à la petite Chloé. D'ailleurs, elle l'avait plus ou moins deviné.

— Que je suis une sorcière ? demanda Phoebe, ne l'admettant pas encore tout à fait.

— Tu n'es pas une simple sorcière. Tu as des pouvoirs exceptionnels. Les miens sont assez forts pour le sentir clairement. Mon dessein est d'aider les autres et sur ce point nous sommes assez semblables. Tu peux me faire confiance, je te le promets. Et puis, fais-moi plaisir en me tutoyant !

Phoebe hocha la tête, entrant maintenant dans le jeu.

— En tout cas, tu as un sacré sens de la mode !

— Mon nom est Theda McFey. Je suis actrice. C'est en tout cas ce que je fais la journée.

— Oh, moi j'écris dans un journal, je tiens une

rubrique de courrier du cœur. Rien de bien excitant, tu sais.

— Il ne faut pas croire que le métier d'actrice soit toujours passionnant, surtout quand je dois jouer les vampires. Demain, je commence un nouveau tournage où je serai Cléopâtre.

Theda considéra d'un air pensif les vêtements que portait Phoebe.

— Alors c'est comme ça que s'habillent les sorcières branchées à ton époque ?

— Comment cela ? s'inquiéta Phoebe. Que veux-tu dire par mon époque ?

Theda repoussa la question d'un geste de la main et tira une douzaine de parchemins de son sac qu'elle laissa tomber sur le lit défait à côté d'elles.

— Comme je te l'ai déjà dit, je peux sentir les choses, dit calmement Theda. Je ne suis pas une menace pour toi, Phoebe. Tu cherches de l'aide, je suis venue t'en apporter.

Phoebe fronça les sourcils. Elle voulait faire confiance à Theda, mais il y avait beaucoup de femmes douées de pouvoirs magiques qui n'étaient pas des sorcières. Si seulement elle pouvait être sûre…

Theda sourit.

— Si tu te demandes vraiment comment je peux savoir tout cela, c'est grâce à quelques sortilèges très simples, comme ceux qui sont inscrits dans ces parchemins que j'aimerais vous confier, à toi et à tes sœurs.

Inquiète, Phoebe s'assit sur le lit et la femme s'installa à côté d'elle.

— Pas de *Livre des Ombres* pour venir à notre secours, cette fois, grommela Phoebe en ouvrant quelques parchemins.

Elle lut les titres des incantations rédigées en une jolie calligraphie fluide et aisément déchiffrable : « Le Lien des Noms », « Le Manteau du Désir », « La Peur Perdue ».

— Crois-tu que ces sortilèges pourront être utiles dans votre quête actuelle ? demanda Theda.

— Utiles, oui… dit Phoebe en dissimulant à peine son étonnement. C'est de la magie poids-lourd !

— D'après ce que j'ai pu comprendre, vous avez affaire à des forces très maléfiques et vous aurez besoin de toutes les aides possibles. Si seulement je pouvais rester pour vous donner un coup de main, mais moi aussi j'ai une bataille à livrer et, d'après les signes, elle se déroulera sur le sable du désert.

— Tu as également la possibilité de voir dans l'avenir ? Ou bien es-tu en partie gitane ?

— Je suis une femme mystérieuse, ma chère. Tout comme toi.

Phoebe ne savait que lui répondre.

— Mystérieuse ? Moi ? Il n'y a rien de plus que ce que tu vois !

— Je sens en toi un grand mystère du cœur.

Soudain, Theda se leva et balaya la pièce du regard.

— Qu'y a-t-il ? s'enquit Phoebe en se levant à son tour.

Elle regarda autour d'elle, comme sa consœur, mais ne remarqua rien d'anormal.

— Un danger, dit Theda. Un vieil ennemi est là.

Phoebe sursauta quand sa fenêtre s'ouvrit et qu'elle se retrouva face à face avec un visage familier qui regardait vers l'intérieur. C'était Cole, accroupi sur la rampe de secours, une longue lame au manche pourpre brillant dans la main.

— *Toi !* siffla Theda d'une voix glaciale.

Au même instant, un grognement s'éleva et le mur derrière le lit se mit à se tendre, à se bosseler, comme s'il était fait en caoutchouc et non en béton et en ciment. De grosses veines pulsaient à sa surface.

Theda et Phoebe se jetèrent en arrière tandis que le mur explosait, puis une immense créature ivoire sauta dans la pièce. Ses pattes de chèvre étaient terminées par des sabots qui défoncèrent le matelas. Le lit s'écroula. La bête roulait en tous sens de gros yeux noirs, ronds comme des soucoupes et agitait devant les jeunes femmes des bras terminés par de longues griffes rayées de bleu et de blanc. Elle ouvrait une grande gueule et sa langue pendait, haletante.

— C'est quoi, ce truc ! hurla Phoebe par-dessus les grognements.

— Un de mes vieux ennemis, répondit Theda.

Sa voix trahissait sa peur. Sans doute ne s'était-elle pas attendue à devoir faire face à cette menace en ce lieu, à cet instant. Mais le démon qui se dressait devant elle semblait parfaitement indifférent à ce genre de considération. Il voulait du sang.

Leur sang.

— Phoebe, couche-toi ! cria Cole de la fenêtre.

D'instinct, Phoebe s'accroupit et la lame qui se trouvait dans la main de Cole traversa la pièce avec une précision effrayante pour venir s'enfoncer dans la gorge du monstre.

Prête à bondir sur Theda, la créature laissa échapper un gargouillis, se mit à trembler comme si elle savait ce qui allait arriver, puis explosa dans un éclair écarlate d'une puissance inimaginable, ne laissant aucune trace derrière elle.

— Et voilà ! dit Cole en entrant par la fenêtre.

Ses gestes étaient maladroits et quand il fit quelques pas, il claudiquait de manière pathétique. On aurait dit que toutes les parcelles de son corps le faisaient terriblement souffrir.

— Une victoire de plus pour les gentils, dit-il. Remarquez, j'avais prévu cette arme pour combattre *nos* ennemis mortels. Mais que vouliez-vous que je fasse ?

Theda fit un pas menaçant vers Cole.

— Que tu combattes le mal, c'est tout !

Il ouvrit des yeux ahuris en reconnaissant soudain celle qui se tenait devant lui.

— Theda ! S… Salut ! s'étrangla-t-il, en blêmissant. Je t'en prie, ne me fais pas de mal…

— Vous vous connaissez ? demanda Phoebe en repoussant les morceaux de bois et de matelas qui faisaient encore partie de son lit quelques instants plus tôt.

Il ne manquait plus que ça ! Comment allons-nous rembourser ces dégâts ?

Tout à coup, Phoebe tourna sur elle-même en entendant un bruissement de flammes et vit une paire de boules émeraude se former dans les mains ouvertes de Theda.

— Mets-toi sur le côté, Phoebe ! ordonna Theda. J'ai un compte à régler avec ce sale démon.

— Euh… plutôt ex-démon pathétique et sans le moindre pouvoir, protesta Cole. Je viens du futur et suis enfermé dans un corps qui ne peut jeter le moindre sort.

— C'est vrai, intervint Phoebe. Cole est avec nous.

Le regard de Theda passa de Cole à Phoebe puis revint vers Cole.

— Et… vous deux avez été amants.

— Cole a changé, dit sincèrement Phoebe tout en sachant que cette phrase pouvait signifier maintes choses.

— Voilà un mystère qui s'explique, déclara Theda en se détournant de Cole.

Elle laissa les boules d'énergie s'évanouir dans ses mains et pointa l'index vers le coin de la pièce où avaient été projetés les parchemins.

— Parmi les incantations que je vous laisse, il y a un sortilège qui permet de remettre les choses telles qu'elles étaient avant.

— Vraiment ? demanda Cole qui devenait de plus en plus hardi. Tu veux dire que je pourrais retrouver tous mes pouvoirs ?

— Ça ne marche que sur des objets inanimés, répondit Theda.

Puis elle ajouta, dans un murmure :

— Heureusement, d'ailleurs.

Elle se dirigea vers la porte et l'ouvrit. Devant elle se tenait l'assistant de direction aux cheveux blancs et à la moustache de phoque. Sur la pointe des pieds, il essayait de regarder par-dessus les voluptueuses épaules de la sorcière.

— Quel est tout ce vacarme, demanda-t-il, plutôt agressif.

Theda remua les doigts devant son visage et un nuage de poussière scintillante l'enveloppa.

— Il n'y a pas eu de bruit.

— Oh, je n'ai strictement rien entendu, admit-il.

— Vous avez besoin d'une petite sieste.

— C'est vrai, je vais immédiatement me coucher.

Theda jeta un coup d'œil en arrière, adressa un clin d'œil à Phoebe et une grimace furibonde à Cole, puis disparut.

— Tu vas me dire ce qui vient de se passer ? demanda Phoebe.

Cole secoua la tête.

— Non.

Elle s'agenouilla devant les débris du lit et ramassa les parchemins.

— Dis-moi tout de même.

— Des ennemis mortels. Une phalange entraînée et assoiffée de sang. Bref, des broutilles, dit-il avec un geste désinvolte.

Oui, avec toi, c'est toujours des broutilles, n'est-ce pas ? pensa Phoebe. *Tu t'immisces dans nos vies, tu te débrouilles pour que je tombe amoureuse de toi, tu essaies de nous tuer, puis tu nous confesses le tout, tu nous prouves que tu es bon... et tu deviens de nouveau mauvais !*

Une vraie girouette ! Mais maintenant, elle n'en pouvait plus. C'était devenu insupportable.

Bon ou mauvais ? Était-ce important ?

Des broutilles…

— Quoi ? demanda Cole. Et quand est-ce que j'aurai droit à un simple petit remerciement pour t'avoir sauvé la vie ?

— Comme si quelque chose pouvait être simple avec toi !

Elle fouilla dans les parchemins, se demanda s'il en existait un pour repousser les émotions non désirées. Cole lui avait sauvé la vie, elle lui en était reconnaissante. Plus que reconnaissante. Tout cet incident avait éveillé des souvenirs de jours meilleurs, quand ils combattaient côte à côte au nom du Bien. Mais les bons souvenirs étaient douloureux. Pour l'instant, elle détenait de nouvelles munitions contre les démons et devait concentrer son énergie sur les combats à venir. Pour la première fois, cependant, elle se dit qu'ils avaient une chance de gagner.

CHAPITRE 8

— Ah, Penny ! Je suis tellement content que vous ayez pu prendre le temps de venir me voir aujourd'hui !

Paige se tenait dans le petit bureau d'Oscar, épuisée par une longue journée de tournage. Installé à son bureau, il l'invita à s'asseoir en face de lui. Ce qu'elle fit. Elle portait toujours son costume et n'avait pas encore eu le temps de se démaquiller. Chloé, toujours aussi adorable, l'attendait dans le couloir.

Maintenant, Paige était habituée à s'entendre appeler Penny et cela ne la dérangeait plus du tout. En fait, tous ces rôles à jouer se déroulaient bien mieux qu'elle ne l'avait craint.

Le bureau d'Oscar était jonché de scénarios et certaines piles mesuraient près d'un mètre de haut. Des photos d'Oscar avec des gens célèbres du milieu cinématographique et même du monde politique couvraient les murs, à côté d'affiches de ses films précédents. Sur un tableau, près de la fenêtre, était même collée la maquette de l'affiche du film en cours de tournage.

— Il est normal que je prenne le temps de passer vous voir, dit Paige. Vous êtes le patron, après tout.

— Je suis peut-être celui qui signe les chèques, mais c'est vous qui tenez tout le pouvoir entre vos mains. Dans ce cas précis, c'est vous la patronne !

Voilà qui était intéressant.

— D'accord. C'est un peu déconcertant, mais d'accord.

— Je voudrais vous proposer quelque chose, vous voyez. Mais ne vous inquiétez pas, ce n'est pas le mariage.

Paige rit.

— Vous êtes sympa, Oscar, je vous aime bien.

— Et vous êtes une bonne actrice, Penny. Un jour vous serez une grande star.

— Oh, que de compliments ! Mais assez de flatterie, Oscar. Qu'alliez-vous me demander ?

— Osiris a de grandes opportunités de promotion en perspective. De la promotion et bien plus. J'envisage toute une série de nouvelles productions et pour cela j'ai besoin d'investisseurs. Il me faut également la garantie que les distributeurs montreront nos films à travers le monde entier. J'ai appris que dans ce métier il ne sert à rien d'avoir un excellent carnet d'adresses si on n'est pas capable d'assurer un travail irréprochable. Il faut que les investisseurs puissent avoir confiance, qu'ils soient convaincus que mes productions sont dignes de leur argent, des écrans, des spectateurs. Et la seule manière de les convaincre est de leur monter un spectacle. J'ai peut-être été influencé par mes racines dans le vaudeville, je n'en sais rien, mais je veux rassembler une petite troupe d'acteurs, de maquilleurs, de costumiers, de décorateurs... bref, un échantillonnage de notre équipe pour entreprendre une tournée avec moi. Ainsi, durant ces conseils d'administration, j'aimerais pouvoir faire sortir cette petite bande de professionnels de mon chapeau afin qu'ils jouent en direct quelques scènes des films en préparation.

Paige réfléchit un instant.

— Hum. J'ai l'impression qu'avec toutes les dépenses qu'occasionneront ces déplacements, vous pourriez faire un nouveau film !

— C'est un choix que j'ai dû faire. J'espère que ce film et le prochain nous permettront de générer assez de profit pour que notre petite entreprise continue à tourner, pour qu'on puisse se passer des Ned Hawkins et des autres gros studios qui ne pensent qu'à phagocyter les plus petits à n'importe quel prix. Avec ce projet, c'est un coup de poker. Je peux aussi bien tout perdre que gagner le gros lot avec la petite équipe que j'aurai formée. Au moins, j'aurai agi selon ma propre déontologie.

— Je peux très bien comprendre ce choix, dit Paige.

— La raison pour laquelle je vous ai dit que vous étiez la patronne est très simple. Sur cette opération de promotion, je ne peux absolument pas vous payer.

— Oh.

— En ce qui concerne le travail que vous fournissez pour le film en cours, le problème ne se pose pas, bien sûr. Si vous décidez de me suivre dans cette aventure, le mieux que je puisse vous proposer est de vous faire voyager dans le monde entier, en vous logeant dans des conditions acceptables et vous offrir un rôle en tant que partenaire chez Osiris Studios International.

— Oh ! s'exclama Paige sincèrement impressionnée. C'est… c'est une offre très généreuse.

Mais comment pourrais-je accepter ? Je ne suis pas celle qu'il croit. Et la véritable Penny Day Matthews ne serait peut-être pas ravie de cet accord. Et puis, il ne faut pas oublier Phoebe ni Piper ni toute ma vie là-bas, au XXIe siècle.

Mais ça m'a vraiment l'air fascinant !

— Est-ce que Ned travaille pour l'un de ces grands studios ? s'enquit Paige. Est-ce pour cela qu'il continue à venir ici ?

— Ces derniers temps il est essentiellement venu ici pour vous, ma chère. D'une certaine manière, ce garçon a deviné mes projets et le rôle que j'aimerais que vous y jouiez.

— Il essaie donc de s'approcher de vous en se servant de moi ?

— C'est ce que je pense. Travaille-t-il pour l'un des studios ? Non, je ne le crois pas. Cela m'étonnerait qu'il ait envie d'obéir aux ordres de quelqu'un. Il essaie de se créer un nom dans l'univers interlope qu'il fréquente. Je refuse simplement qu'il m'y entraîne.

Paige se mordit les lèvres, espérant pouvoir révéler

à Oscar une des raisons pour lesquelles elle voyait Ned. Si seulement Oscar savait qu'elle essayait de l'aider et que Ned perdait son temps s'il imaginait pouvoir attirer l'actrice dans ses filets.

Le perdait-il vraiment ?

— Réfléchissez à mon offre, dit Oscar. Quelle que soit votre décision, je préfère que vous ne me répondiez pas à la hâte.

Paige se leva, se pencha par-dessus le bureau et embrassa Oscar sur la joue.

— Oscar ? D'après vous, quelles sont les chances pour que votre plan réussisse ?

— Je n'en sais rien. Cela m'est égal. Si j'avais écouté les autres, je n'aurais jamais rien tenté ni rien réussi. J'aurais abandonné depuis longtemps. J'ai appris que la meilleure manière de réussir est de ne pas y réfléchir à deux fois et de se donner à fond à ses rêves. Il est toujours temps de faire des bilans après la bataille.

Piper se tenait devant la *Hollywood Cantina*. Léo avait tellement souvent parlé de cet endroit qu'elle n'avait pas pu résister à la tentation de venir ici, au moins une fois, pour voir de ses propres yeux ce qui faisait tant jaser.

Pour s'y rendre, elle avait pris le bus jusqu'à Cahuenga Boulevard, près de Sunset et s'était dirigée vers l'ancienne étable qui avait été convertie en boîte de nuit sous le nom de la Vieille Grange. Depuis, grâce aux efforts et aux investissements de John Garfield, Bette Davis et Jules Stein, c'était devenu le haut lieu de rencontre du personnel des studios de cinéma. Le local ressemblait d'ailleurs tout à fait à une vieille grange, avec des planches brutes de sciage aux murs, couvertes de quelques cadres et trois grandes étoiles au-dessus de l'enseigne.

Ah, trois étoiles, pensa Piper. *Comme le Pouvoir des Trois. C'est sûrement bon signe !*

Un attroupement de femmes très élégantes s'était formé devant la porte. Apparemment, celles qui n'étaient pas accompagnées d'un cavalier se voyaient refuser l'entrée. Les hommes n'avaient aucun problème pour rentrer et les esseulées faisaient des mines déçues quand aucun d'entre eux ne prenait leur bras pour les y escorter. Puis elles se mettaient toutes à rire comme si tout cela n'était qu'un jeu.

— Il y a un monde fou, ce soir ! déclara l'une des femmes par-dessus la musique trépidante tandis que Piper s'approchait. J'ai même entendu dire que Bette Davis a dû passer par la fenêtre le jour de l'inauguration tellement c'était plein à craquer !

Oh, non, je me sens incapable d'affronter tout ce monde, pensa Piper en faisant demi-tour. *Je préfère laisser tomber.*

Soudain un homme fendit la foule, se dirigea vers elle et lui toucha légèrement le bras. Elle se retourna, troublée. Il devait avoir la quarantaine, très mince, des cheveux noir corbeau coiffés en arrière. Il ressemblait un peu à Basil Rathbone dans les vieux films de

Sherlock Holmes, surtout avec ses yeux d'un noir profond. Son costume beige et ivoire était relevé d'une cravate brune. Bref, il était d'une élégance désinvolte qui n'était pas pour déplaire à Piper.

— Que puis-je pour vous ? demanda-t-elle en cachant de son mieux son agacement.

Elle désirait entrer, mais pas au point de jouer à la groupie comme les autres femmes.

— N'êtes-vous pas là pour l'audition ? demanda-t-il.

— Pardon ?

— L'audition, pour les chœurs.

— Moi ? Chanter ?

— Ce n'est pas le cas ?

Il semblait perplexe, comme déçu. Puis il se reprit.

— Je suis désolé, mais il y a quelque chose en vous, je ne sais pas… je ne voudrais pas me montrer offensant… mais je trouve que vous avez quelque chose de différent des autres. Une présence, si je puis dire…

Elle se demanda s'il pouvait être sensible à la magie, même inconsciemment.

— Vous avez ce quelque chose qui vous différencie du lot, la même présence que ces vedettes qui viennent ici. Alors je pensais…

— Vous avez parfaitement raison, je suis venue pour les auditions, déclara Piper.

En quelques secondes, elle venait de décider qu'entrer en tant que chanteuse potentielle était une ruse plus acceptable que de faire les yeux doux à un inconnu dans le seul but d'obtenir une entrée.

— Parfait.

L'homme qui l'avait prise pour une chanteuse la guida à travers la foule, jusqu'à la porte, et Piper ignora les regards envieux des laissées pour compte.

Une femme que Piper crut reconnaître accueillait les nouveaux arrivés et ce ne fut que quelques pas plus loin qu'elle se rendit compte qu'elle venait de saluer Lana Turner !

Léo ne plaisantait pas, il y avait de vraies stars du cinéma, ici !

— Je suis désolé, mais je vais devoir vous abandonner, ma chère, annonça l'homme au profil d'aigle avec un sourire chaleureux. Je vous appellerai quand le moment sera venu !

Il se glissa au milieu de couples en train de bavarder et disparut de la vue de Piper. L'endroit grouillait de monde et elle se demanda comment les gens pouvaient se retrouver les uns les autres dans cette fourmilière.

À cette pensée, elle s'arrêta un instant.

Est-ce pour cela que je suis venue ? se demanda-t-elle, mal à l'aise. Était-elle là pour visiter un endroit dont Léo avait souvent parlé ou pour tenter de l'y trouver ? Pour poser ses yeux sur l'homme plein de vie et d'énergie qu'il avait été avant de…

Avant de devenir un Être de Lumière ?

La bousculade autour d'elle chassa cette pensée dérangeante. La piste de danse était en train de se dégager et les musiciens entamaient un air de rumba endiablée. Les premiers danseurs firent l'assaut de la piste et elle fut aussitôt impressionnée par leur style.

Ah ! Ils savaient danser, à cette époque ! songea-t-elle en sentant ses pieds commencer à battre la mesure, comme impatients de s'y mettre aussi.

Elle contemplait distraitement une grande affiche accrochée au mur où une jolie blonde pulpeuse était entourée d'une cour de soldats en uniforme.

— C'est Diana Shore, expliqua un gamin rouquin au visage constellé de taches de rousseur.

En fait de gamin, c'était un homme puisqu'il devait avoir dix-huit ans et s'apprêtait sans doute à rejoindre ses amis sur le front pour défendre son pays. Mais elle se sentait particulièrement à l'aise avec lui et avait l'impression qu'il ne devait généralement pas adresser la parole aux filles aussi facilement.

Peu importe ! Aussi longtemps qu'il est avec moi je ne serai pas importunée par d'autres. Et d'ailleurs, il est adorable !

Il avait quelque chose de familier…

— L'autre soir elle était ici. Nous étions venus avec quelques collègues de l'hôpital, continua le rouquin avec un sourire adorable avant d'avaler le reste de son beignet. Elle était super sympa avec tout le monde.

— Ah bon ?

Tous les sens de Piper étaient en éveil. Léo avait travaillé dans un hôpital.

— Eh oui, chère madame !

Il lui lança un clin d'œil et donna son nom, qu'elle oublia aussitôt, et le service dans lequel il travaillait.

Le service de Léo !

Était-ce pour cela que ce garçon lui semblait si familier ? Léo avait-il parlé de lui ?

Léo est ici, pensa Piper, le cœur battant la chamade. *C'est possible, en tout cas*.

— C'est Eddie Cantor qui prend la suite, l'informa le rouquin en posant une main sur son cœur et en tendant un bras d'un geste brusque qui faillit éborgner plusieurs danseurs.

Puis, jouant des hanches, il attaqua un air de crooner.

« Ma belle me fait parfois des crasses, mais je ne m'en plains pas, car chaque fois que je l'embrasse, j'ai envie de faire tagada. »

Il accompagna ces derniers mots d'un mouvement de reins pour le moins explicite. Puis, ouvrant les yeux comme des soucoupes, le rouquin rougit jusqu'aux oreilles.

— Oh, désolé !

Piper sourit. Le jeune homme était un gentleman en herbe et encore un peu vert sur les bords.

— Ce n'est rien, dit-elle.

— Cela aurait pu être pire. J'aurais pu faire le squelette rouge et me rendre encore plus ridicule !

— Allons faire un tour de salle pour voir ce qui se passe, dit Piper en parlant à voix forte pour être entendue malgré les pulsations de la musique.

Elle n'était pas sûre que le rouquin l'ait entendue, mais il la suivit quand elle se fraya un chemin dans la foule. Dans l'ensemble, elle les trouva tous beaux, même les serveurs. Peut-être était-ce même Gary

Cooper, dans l'une de ces vestes blanches à nœud papillon, en train de faire passer un plateau de champagne. Et là ? N'était-ce pas Bette Midler ? Tous ces visages lui semblaient tellement familiers !

Puis une tignasse épaisse couleur paille passa à quelques mètres d'elle et Piper se tendit.

Était-ce lui ? Était-ce Léo de l'autre côté de la salle ?

Soudain elle sentit la main d'un homme sur son épaule et se retourna, le cœur battant, prête à se mettre en position de combat. C'est alors qu'elle vit l'homme affable qui l'avait accompagnée à l'intérieur du club. Le rouquin recula, étonné.

— C'est à vous ! lui annonça-t-il en désignant la scène où se dressait un micro à la forme étrange, brillant sous les projecteurs.

L'homme au nez busqué se retira, laissant place à un Hispanique à moustache. Avec un sourire encourageant, il chuchota le titre d'une chanson qui devait faire fureur à l'époque. La musique commença et le chef d'orchestre lui fit signe, encore… et encore.

C'était le moment pour elle de chanter et elle se sentait ridiculement intimidée, comme lorsque Léo l'avait forcée à monter sur scène au *P3*. Et si la tignasse blonde de tout à l'heure était effectivement celle de Léo, et qu'il la voyait sur cette scène, est-ce que cela risquait de perturber le cours naturel des choses pour plus tard ? Ou se servait-elle de cela comme excuse pour ne pas se faire humilier devant une salle remplie d'étrangers ?

— Je suis désolée, dit Piper d'une voix étranglée.

Puis elle prit la fuite, fendant une foule perplexe et déçue. Elle passa en trombe devant le rouquin et ses copains en cachant son visage car l'un d'entre eux aurait pu être Léo.

Paige faisait des va-et-vient dans les quelques mètres carrés de la chambre d'hôtel qu'elle partageait avec ses sœurs. Piper et Phoebe étaient assises sur l'un des lits et Cole sur l'autre.

— J'ai une idée de ce dont voulait parler Oscar le jour où il a dit qu'Osiris s'internationalisait, commença-t-elle.

Puis elle expliqua aux autres les projets du producteur.

— Mais je n'arrive pas à comprendre ce que Ned vient faire là-dedans. Quel est son but ? Que va-t-il en tirer ?

— Ça pourrait être assez juteux, intervint Cole doucement, d'un air pensif. Aujourd'hui, j'ai entendu dire que quelqu'un était en train de mettre en place un réseau de trafiquants pour justement faire circuler le genre d'objets magiques sur lesquels Hawkins et ses amis semblent avoir mis la main.

— Des trafiquants ? demanda Phoebe.

— Il y a des marchés noirs pour tout à travers le monde entier, et certains sont des plus inquiétants. Hitler a la réputation d'avoir été obsédé par ce genre de trucs. En fait, il l'est toujours… Je continue à oublier que pour l'instant nous sommes ses contemporains !

— D'accord, mais pourquoi a-t-il besoin d'Osiris ? demanda Paige.

— Pour transporter la marchandise, dit Cole. On peut les faire ressembler à des accessoires de cinéma et ils passeront la frontière comme une lettre à la poste.

— Ça ne tient pas la route ! intervint Piper qui était restée silencieuse jusque-là. Les démons peuvent apparaître n'importe où et n'importe quand sans tenir compte des frontières.

— Bien sûr, dit Cole. Mais un démon le ferait-il avec des armes aussi puissantes ? C'est bien trop risqué. Il faut être vraiment très prudent, prendre toutes sortes de précautions si on veut avoir recours à la magie près de ces objets. Mais si on les emballe bien dans des caisses en bois ou les bagages de quelqu'un, ce n'est pas très compliqué.

— Pourquoi est-ce que tout est toujours aussi bizarre ? se révolta Paige.

— Hé ! Ce n'est pas moi qui établis les règles du jeu.

— Bon, disons que tu as raison, intervint Phoebe. Que pouvons-nous faire pour contrecarrer les plans de Hawkins ?

Cole sourit.

— C'est rigolo que tu poses cette question. Il se trouve que j'ai justement une ou deux petites idées…

CHAPITRE 9

Cole fut comme électrocuté par la sonnerie de son réveil. Il frissonna et essaya d'éliminer l'engin bruyant de son existence.

Mais en vain.

Grommelant de frustration, il se retourna, s'accrocha à son oreiller et tapa du poing sur la malheureuse machine. Le bouton pour l'éteindre se trouvait sur le dessus, une simple petite pointe fine comme une tête d'épingle.

— Ouille ! hurla-t-il, surpris par la douleur qui lui traversait la main.

Le réveil se renversa et faillit tomber sur le sol.

Cole s'assit en frottant sa main blessée. Les rayons du soleil matinal dardaient à travers les rideaux de la petite fenêtre de sa chambre. La faim le tenailla immédiatement avec une intensité, une force qui lui labourait carrément l'estomac, le triturait, le nouait... Sa gorge était sèche et son haleine... hum... fétide.

Les priorités d'abord. Il se redressa avec un grand sourire et s'adressa au vide de sa chambre :

— Bon ! Pour mon petit déjeuner, je veux des gaufres, une omelette avec des oignons et du bacon bien croustillant, un jus d'orange fraîchement pressé et un café très fort.

Il claqua des doigts, s'attendant à ce qu'un plateau chargé de toutes ces victuailles apparaisse magiquement sur ses genoux.

— Oh, gémit-il en se frottant le visage des deux mains. Que je suis bête ! J'avais oublié !

Il poussa quelques grognements pour se mettre en voix et décida de faire un tour dans la salle de bains pour se rendre présentable.

Après tout, cela allait être une journée importante. La rencontre avec Hawkins et sa bande était prévue juste après le coucher du soleil. Cela lui donnait pratiquement toute la journée pour régler les derniers détails comme de répandre des rumeurs bien ciblées sur le gang des Wyatts auprès d'oreilles soigneusement choisies. Il était important d'adopter une stratégie très fine et non de se contenter de balancer des informations du genre : « Les Wyatts nous ont vraiment fichu une sacrée trouille ! Il paraît qu'ils ont à leur tête cent quatorze démons supérieurs et qu'ils sont en contact avec quarante-deux dimensions démoniaques », mais également de contredire ces renseignements devant d'autres témoins pour semer la confusion la plus totale dans certains milieux.

Il se laissa glisser dans un bain bien chaud et moussant, le corps toujours douloureux des coups qu'il avait essuyés quand il avait approché certaines créatures du monde inférieur.

Se jeter dans un repaire de démons en tant que Source et exiger des informations était une chose. Même en tant que Cole Turner revenu du royaume des démons avec plus de pouvoir qu'il n'en aurait jamais besoin. Ou encore comme avocat… il lui était facile de rouler les épaules et d'élever la voix pour obtenir ce qu'il voulait. Mais cette fois, il s'était senti vulnérable et, malgré tous ses efforts pour les cacher, son humanité et sa mortalité avaient irradié de lui comme une invitation au passage à tabac en bonne et due forme.

Ce qu'il lui fallait pour le rendez-vous de ce soir, c'était du pouvoir. Un pouvoir brutal et sans pitié.

Heureusement, il savait exactement où se le procurer.

Il s'essuya et reprit sa routine d'humain mortel des années quarante, trouvant ces rituels exotiques plutôt distrayants.

Ouvrant l'armoire, il choisit des vêtements pour la journée. Grâce à Phoebe qui avait daigné faire les boutiques avec lui, il disposait d'une garde-robe très bien garnie et d'une élégance discrète.

Il posa sur le lit un costume beige, une chemise blanche et une cravate couleur chamois, puis retourna dans la salle de bains. Plutôt maladroit, il réussit à se couper en se rasant et laissa échapper un gémissement.

Dommage que Léo ne soit pas là, avec ses pouvoirs de guérison, pensa-t-il.

Mais il s'en voulut aussitôt. Il avait été la Source, bon sang ! C'était aussi humiliant qu'embarrassant d'en arriver là !

Ou peut-être n'était-ce qu'une forme de mortification, exactement le genre de mortification qu'il devrait subir s'il voulait regagner le cœur de Phoebe. Il disait qu'il l'aimait toujours et que cet amour lui dictait ses actes. C'était l'occasion ou jamais de le prouver ou... de la boucler.

Mais tout de même, il n'arrivait pas à s'habituer à la quantité de travail nécessaire pour être simplement humain !

Dommage que Phoebe n'ait pas accepté de dormir dans la même chambre que lui. Elle aurait adoré le voir réduit à ce genre de petits tracas.

Il soupira, pensant aux nombreuses raisons qui le poussaient à désirer la présence de Phoebe à ses côtés. Si elle savait combien il l'aimait encore ! Plus que tout au monde, et même au-delà !

Elle avait néanmoins blessé son amour propre de tant de façons, à tant d'occasions. Il l'avait désirée et avait accompli, pour la conquérir, des choses terribles. Mais Phoebe aimait oublier les petits détails : s'il avait pris le pouvoir de la Source en lui, c'était uniquement pour les sauver, elle et ses sœurs. Et pendant tout le temps que ce mal avait été en lui, il aurait aimé pouvoir s'en débarrasser.

Il pouvait supporter son hostilité et son jugement, mais tout de même, elle exagérait un peu !

— Oh, après tout ! murmura-t-il en s'approchant de la fenêtre. Autant que je m'amuse un peu ! Que la fête commence !

Le ciel était écarlate quand Paige fit couler l'eau dans la baignoire de l'impressionnante salle de bains de Ned. Ses longues jambcs dépassaient du déshabillé en soie qu'elle avait emprunté et ses cheveux étaient empilés sur la tête sous une serviette-éponge ivoire. Deux des employées de Ned s'affairaient autour d'elle. L'une l'aidait à régler la température de l'eau tandis que l'autre cherchait sur le poste de radio une station qui puisse lui convenir, attendant un signe positif ou négatif de sa tête avant de continuer. C'était la troisième fois qu'elle se rendait dans la magnifique demeure de Ned sur les collines de Malibu. Mais jamais elle n'y avait passé la nuit. Un jour, cependant, elle avait dit adorer prendre de longs bains et il lui avait proposé de se servir de sa salle de bains quand elle le désirait. Il était sorti pour affaires et elle avait annoncé au majordome qu'elle désirait tremper voluptueusement pendant quelques heures dans un bain en attendant son retour.

La baignoire était faite de marbre et de jade, matériaux qu'on retrouvait un peu partout dans cette énorme maison qui semblait sortir tout droit d'un vieux film de la MGM. De grands lions de pierre accueillaient les visiteurs quand ils montaient l'escalier. Il y avait une salle de bal, une immense salle à manger, une grande piscine, une salle de jeux avec un minuscule bureau et un bureau beaucoup plus grand, celui de Ned, dont la porte était toujours verrouillée et où Paige n'avait pas le droit de mettre les pieds. Elle tenta à plusieurs reprises de s'y téléporter, mais n'y parvint jamais. Ce bureau devait être scellé par magie.

— L'eau est parfaite, dit Paige en trempant un orteil dans la mousse du bain. Et cette station de jazz me convient tout à fait. Je vous remercie, mesdemoiselles.

Les domestiques parties, Paige ferma le loquet de la porte, retira le déshabillé et se laissa glisser avec volupté dans la baignoire. C'était divin. Retenant son souffle, elle ferma les yeux et plongea la tête sous l'eau pour se mouiller les cheveux.

Après cinq minutes à peine, elle ressortit du bain, se sécha, enfila son déshabillé et, entourée d'une pluie de lumière bleutée, elle se téléporta.

Paige réapparut dans sa chambre d'hôtel où l'attendait une tout autre garde-robe. Phoebe et Piper s'étaient déjà changées et Chloé s'affairait autour d'elles, réglant des détails de dernière minute.

— Mon alibi est en place, annonça Paige, rongée d'inquiétude.

En effet, qu'adviendrait-il si leur confrontation imminente ne se déroulait pas comme prévu ?

Quelques secondes plus tard, elle portait sa tenue de combat.

Banzaf, le démon qu'on appelait Barrish sous son déguisement humain, était assis à côté de Ned, mal à l'aise dans leur nouvelle voiture. Banzaf avait les même yeux gris-bleu que Hawkins, mais là cessait la ressemblance. Le visage de Banzaf était olivâtre et criblé de vérole. Ses traits étaient réservés et intimidants, mais il suffisait qu'il sourie pour qu'on le prenne pour un vieil oncle adorable.

Ned l'aimait comme un père, il n'y avait aucun doute. Et il accordait une grande importance à l'opinion de Banzaf, même s'il ne suivait pas toujours les conseils du vieil homme.

— Ça risque d'être plus lourd à gérer qu'on ne le pense, dit le conseiller en parlant de la rencontre qu'il avait organisée sur l'ordre du démon Balthazar. Il était très énervé.

Que mijotait Balthazar ? Allait-il trahir Ned et les autres ?

— Je me suis renseigné sur le gang des Wyatt. Les rumeurs disent que…

— Ce ne sont que des mots, répliqua sèchement Ned. Je crois ce que je vois.

— J'ai vu Balthazar à l'œuvre. Ce n'était pas un beau spectacle. Il est d'une puissance faramineuse.

— Assez fort pour résister à nos pouvoirs ?

— C'est bien possible.

Ned sourit.

— Alors, c'est bien qu'on ne compte pas seulement sur eux, n'est-ce pas ?

Banzaf hocha la tête. Mais il n'arrivait pas à se départir du malaise qu'il ressentait en suivant Ned hors de la voiture. Ils rejoignirent le reste des membres de leur gang démoniaque venus pour cette petite réunion.

En jetant un coup d'œil vers la ruelle où Cole Turner avait promis d'être à cette heure, son malaise grandissait, frisant la peur.

Au centre de la ruelle, quatre silhouettes vêtues à l'identique attendaient. Elles portaient des costumes noirs à rayures blanches, de fines cravates noires et des chapeaux noirs à ruban blanc. Cole était l'une d'entre elles. Les trois autres étaient les Charmed, chacune déguisée en petit dur de l'époque.

Pour effacer toute trace de féminité, elles avaient aplati leur poitrine avec de fines bandes de tissu. Chloé avait fait des merveilles en les maquillant : moustache, barbe de plusieurs jours, points noirs... bref, elles ressemblaient toutes les trois à de véritables petites frappes. Paige portait même une perruque afin que Ned ne puisse pas la reconnaître en approchant de trop près le groupe. Elle espérait bien sûr que cela ne se produirait pas !

— Cole, tu crois vraiment que ça va marcher ? s'inquiéta Phoebe. On peut toujours faire marche arrière.

Il ne put s'empêcher de rire.

— Écoute, Phoebe jolie, qu'est-ce qui peut arriver de pire ? Hawkins se rend compte que je suis humain, m'attrape, m'entraîne en un lieu que vous ne pourrez pas localiser, puis me torture jusqu'à ce que mort s'en suive. Je pensais que cela t'arrangerait, non ?

— Tu n'as pas le droit de dire ça, Cole. Je ne veux pas qu'on te fasse de mal, je veux simplement que tu fiches le camp. Je veux vivre ma vie sans que tu en fasses partie. Il y a tout de même une différence, non ?

— Pas pour moi. Une vie sans toi ne vaut pas le coup d'être vécue. D'ailleurs, c'est trop tard. Nos petits amis sont arrivés ! ajouta-t-il en désignant le bout de la ruelle d'un geste de la tête.

— Paige pourrait toujours nous téléporter ailleurs.

Cole secoua la tête.

— Hors de question. J'attends cet instant depuis mon réveil !

Ned Hawkins s'approcha, ses soldats derrière lui. Il s'arrêta à quelques pas de Cole et le jaugea de haut en bas avec un sourire suffisant. Puis il évalua les trois autres.

— Vous êtes quatre ? C'est tout ? demanda Hawkins, incrédule.

Le vieil homme qui était son conseiller attendait quelques pas derrière lui, surveillant le quatuor d'un air inquiet.

— Pas besoin de plus, répondit Cole.

— J'ai préféré me faire accompagner de quelques soldats. Ça me donne l'impression de mettre la chance de mon côté. Qu'en dis-tu ?

— Chacun son truc ! Personnellement, je pense que lorsqu'on dispose de toute la force nécessaire, on n'a pas besoin de chance.

Il y eut une série de claquements métalliques et Cole comprit aussitôt que les démons tenaient des pistolets en main.

Hawkins bâilla.

— J'ai l'impression de t'avoir également battu sur ce front !

— Ah, vraiment ?

Hawkins eut l'air amusé.

— Pas de pistolets ?

Cole fit un geste et ses acolytes approchèrent un peu.

— Pas besoin de pistolets, dit-il avec assurance.

Ned leva les yeux vers les fenêtres et les toits qui les entouraient. Il pouvait bien sûr s'y trouver des douzaines de démons à l'affût, prêts à leur sauter dessus. Mais il n'en fut pas plus inquiet pour autant.

— Parfait. Tu as organisé cette rencontre. Par respect de Balthazar, je suis venu. Alors de quoi voulais-tu parler ?

— Je veux entrer dans votre coup. C'est aussi simple que ça, dit Cole.

— De quel coup parles-tu ? demanda Ned, les traits imperturbables.

— Voyons… l'Epée de Damoclès, la vraie, pas la copie… la Pierre de Rosette… l'Epée du Destin… pour n'en nommer que quelques-uns.

Ned sourcilla.

— Tu bluffes.

— Je t'en prie. Tu mets la main sur les objets magiques les plus puissants du monde, de ce monde en tout cas, en trébuchant dessus par pur hasard, n'est-ce pas ? Et tout ce qui te vient à l'idée est de les vendre au plus offrant ? Tu as de la chance que ce soit moi qui ai eu connaissance de cela. Il y a plein de démons qui se seraient contentés de venir te faire la peau et prendre ce qui les intéresse au lieu de conclure un marché. En fait, je suis un peu comme toi. Peut-être un peu plus intelligent et un peu plus beau, mais moi non plus je n'aime pas me faire mettre des bâtons dans les roues par la hiérarchie démon.

— Tu veux le pouvoir, murmura Ned.

— Pas toi ? Je pense que nous ferions des partenaires absolument parfaits. J'ai la vision et les muscles et toi tu as le don de mener rondement les choses. Mais une chose après l'autre. Je veux d'abord voir les objets en question.

Leurs regards étaient rivés l'un à l'autre. Hawkins était silencieux, réfléchissait. Cole l'observait, conscient que tout allait dépendre de cet instant. Il avait d'abord envisagé de faire faire aux Charmed une démonstration de force pour rendre ses arguments un peu plus convaincants, mais dans toutes les affaires importantes qu'il avait traitées, tout se résumait toujours à la même chose : qui allait ciller le premier ? En se montrant plus insistant, Cole aurait donné l'impression d'être désespéré ou effrayé. La seule manière dont il pouvait rendre ce bluff convaincant était de se baser sur sa réputation et son autorité.

Pour y parvenir, il devait puiser au plus profond de son être démoniaque, celui qu'il avait promis à Phoebe de ne plus jamais solliciter. Il fallait persuader Hawkins qu'il l'écraserait comme un insecte si c'était nécessaire. C'était plutôt amusant, non ?

Mais s'il aimait Phoebe et voulait lui prouver qu'il n'y avait plus de mal en lui, cela devrait-il encore l'amuser autant ? N'était-il pas en train de se faire manipuler par ses plus basses pulsions ?

Ce moment de doute coûta cher à Cole. Hawkins sourit et recula, brisant le contact des yeux.

— Tu sais quoi ? demanda triomphalement Ned, une pointe de cruauté dans la voix. Je veux savoir à qui j'ai vraiment affaire, ici. Montre-moi Balthazar !

Cole rit, son attitude décontractée étant bien plus irritante qu'un comportement agressif. Mais au fond de lui-même, Cole savait qu'il avait perdu la partie. Il joua une dernière carte.

— Actuellement, je ne prends plus cette forme quand je m'apprête à tuer. Je ne suis pas près de me salir les mains avec des perdants comme toi !

Les deux hommes se jaugèrent un instant, puis Ned tourna les talons.

— Au diable, tout ça, dit-il sans la moindre trace d'ironie dans la voix. Oubliez les pistolets, ce serait trop facile. Mais tuez-les tous !

— Se téléporter ou ne pas se téléporter ? demanda

Paige tandis que les gangsters surnaturels se précipitaient sur eux. Là est la question !

— Je propose qu'on arrête tout ça ici, dit Phoebe. Nous avons des innocents à protéger et la meilleure façon d'y parvenir est d'anéantir cette bande de malotrus ici et tout de suite.

— Ça me va, dit Cole en tirant une paire de cisailles à trois dents de sous son manteau. Il les fit claquer devant lui et elles prirent soudain vie dans un crépitement d'étincelles. Je suis peut-être humain, mais cela ne m'empêche pas de me servir de ça !

— Parfait, dit Piper en levant les deux mains. Il est temps de distribuer quelques fessées !

Elle se tourna pour faire face à deux groupes de démons qui se dirigeaient vers eux et envoya un peu de flux magique. Mais au lieu de faire exploser les démons qu'elle visait, elle fit éclater deux poubelles et une pile de vieux cageots en bois, ainsi que le pare-brise d'une carcasse de voiture abandonnée à quelques mètres des démons.

Que se passait-il ? Pourquoi son pouvoir ne fonctionnait-il pas correctement ?

— Ça va être plus difficile que je le croyais, dit Piper, furieuse.

Elle invoqua tout son pouvoir et envoya deux nouvelles salves. Avec des résultats similaires. Cette fois, des morceaux de brique dégringolaient du ciel et les sorcières durent s'accroupir pour éviter d'être frappées à la tête par les débris.

— C'était ton idée géniale ! Fais quelque chose ! hurla Piper à l'adresse de Phoebe.

— Le sortilège qu'ils utilisent ne fonctionne peut-être que pour se protéger contre la magie. Voyons un peu.

Phoebe se dirigea vers une poubelle, en saisit le couvercle et le jeta vers le premier groupe de démons dirigé par Ned.

Un coup de vent soudain s'éleva, venant de nulle part, et vint frapper le couvercle à mi-course, détournant sa trajectoire. L'un des démons tendit le bras et intercepta le couvercle dans sa grosse main pour l'écraser comme une vulgaire canette avec un sourire provocateur. Puis le vent s'évanouit aussi rapidement qu'il était apparu.

Pas très naturel, tout ça…

— Super ! geignit Paige avec désespoir. On ne peut même pas jeter des trucs sur eux !

Cole fit tournoyer les cisailles dans l'air puis lâcha des boules de feu vers les démons. Il dut se baisser quand les éclairs ricochèrent sur le mur au-dessus de ses cibles avant de revenir en boomerang vers lui et les Charmed.

— Ça va être la plus courte guerre des gangs de l'histoire si nous ne parvenons pas à supprimer leur bouclier de protection magique, dit-il. Quelqu'un peut-il voir un objet qui pourrait provoquer ce sortilège ?

Les démons semblaient se régaler de la panique qui envahissait leurs ennemis.

Les Charmed examinèrent les démons, à la recherche d'un objet magique. Phoebe finit par remarquer quelque chose. L'un des démons, celui qui portait un manteau brun, tenait une amulette. Au centre de celle-ci brillait un immense cristal vert.

— Le démon brun ! Il a une amulette ! cria Phoebe.

Paige fixa le démon, se concentra et dit :

— Amulette.

L'objet arriva immédiatement dans la main droite de Paige. Apparemment, ce qui affectait la magie de Paige n'avait aucun effet sur son pouvoir de télékinésie.

— Ah ! Maintenant c'est nous qui détenons la protection, dit Paige à voix basse afin que Ned ne puisse l'entendre. Je me demande comment on utilise ça.

Avant que quiconque puisse lui répondre, l'échelle d'incendie qui se trouvait au-dessus de sa tête se détacha soudain et tomba comme une lame de guillotine. Phoebe s'élança sur Paige pour la tirer en arrière pendant que l'échelle tombait sur les sorcières. L'amulette s'échappa des mains de Paige et alla s'écraser sur le mur avoisinant.

— Au moins personne n'a plus de protection magique, maintenant, déclara Phoebe en aidant Paige à se relever.

Ned riait comme un bossu.

— Ah, tu ne manques pas de ressource, dit-il. Mais il suffit d'un peu de malchance et… hop ! Plus ils sont grands, plus ils tombent de haut, comme on dit.

Puis Ned sourit et invoqua un autre sortilège. Cette fois, les barreaux des fenêtres de l'immeuble prirent vie, se détachèrent et foncèrent sur Cole. Ils ressemblaient à des javelots magiques. Avec ses cisailles, il parvint à les dévier l'un après l'autre.

Puis la masse hurlante des agresseurs se jeta sur eux et ce fut un combat à main nue. Phoebe se mit en lévitation et distribua des coups de pied, touchant un démon qui alla s'enfoncer sur l'arme de Cole avant d'exploser dans un nuage de flammes.

— Et d'un ! dit Phoebe.

— Oui ! Il n'en reste plus que quatre ou cinq mille à combattre ! cria Piper.

— Il faut qu'on se téléporte hors d'ici, dit Cole. Ils sont en train d'utiliser leurs pouvoirs de chance contre nous.

— Bof, tu parles ! Comme s'ils nous donnaient une chance de nous en sortir… gronda Paige.

Phoebe acquiesça. Elle avait mémorisé certains des sorts que Theda lui avait confiés et, avec l'information que Paige leur avait apportée, savait lequel en particulier leur serait utile dans un combat comme celui-ci.

— Essayez de nous gagner quelques secondes, dit Phoebe en s'éloignant de la bagarre.

— On fait de notre mieux, répondit Piper en faisant exploser une voiture abandonnée que venait de lui lancer un démon.

Celle-ci retomba en radiateur, portières, roues et autres pièces détachées.

Phoebe récita le Lien des Noms, insérant le nom de Banzaf dans son incantation. À l'instant où elle finit, le conseiller de Ned se raidit, les yeux tournant au blanc laiteux. Soudain, elle put sentir leur connexion. Il était comme un pantin dont elle pouvait tirer les ficelles. Heureusement pour elle, les pouvoirs de chance du démon en question n'avaient pas détourné son sortilège. Mais c'était tout de même étrange... Tout ce que Piper, Paige et Cole avaient tenté avait été systématiquement annulé par la protection naturelle que le pouvoir de chance apportait à ces démons, alors que Phoebe avait pu les attaquer à deux reprises avec succès. Elle ne s'en plaignait pas, mais ne pouvait rester indifférente à cette disparité. À quoi pouvait-elle être due ?

— Banzaf, ordonna Phoebe. Rends-moi un service et écarte-moi quelques-uns de ces démons, s'il te plaît !

Banzaf se retourna contre ses propres hommes et poussa un cri de rage en dépeçant ses anciens alliés complètement éberlués.

Pendant ce temps, Cole repoussait Ned et ses démons en se servant de son entraînement en arts martiaux et de son arme, mais Phoebe voyait bien qu'il se fatiguait. Il ne tiendrait pas longtemps tout seul contre tous ces démons avec seulement quelques armes magiques.

— Il faut qu'on se dépêche ! dit Phoebe.

Les Charmed joignirent leurs mains et Paige était prête à téléporter, mais elle ne put atteindre Cole. Il était hors de question qu'elles l'abandonnent ici.

— Banzaf ! Fais reculer ces types ! Qu'ils nous fichent la paix. Immédiatement !

Sans hésiter, Banzaf sauta sur les démons qui maintenaient Cole à terre. Enfin libre, Cole se servit de ses cisailles et les orienta dans la direction de ses ennemis. Banzaf hurla quand deux éclairs vinrent percer sa poitrine et il explosa en une pluie d'énergie destructrice qui envoya tout le monde à la renverse. Tous les démons restants, y compris Ned, tombèrent autour de Cole, complètement ahuris.

Cole trébucha vers Paige qui put enfin l'atteindre, mais elle hésita avant dc les téléporter en lieu sûr. L'expression dans les yeux de Ned quand il aperçut son mentor allongé sur le sol fut horrible. Il s'agenouilla à côté de lui. Paige vit son calme s'effriter, sa colère se mêler au chagrin quand il se releva. Il rajusta son manteau, essuya la poussière de son pantalon puis pointa le doigt en direction de Cole.

— Tu ne peux imaginer combien je vais te faire souffrir pour ça !

Paige les téléporta vers leur chambre d'hôtel. Il leur fallut à tous un instant pour réaliser qu'ils étaient sortis de l'effervescence de la bataille.

— Il faut que je me dépêche de revenir à la propriété pour que Ned m'y trouve en rentrant, dit Paige.

Elle retira ses vêtements d'homme, nettoya soigneusement le maquillage de son visage et enfila de nouveau le déshabillé de soie. Puis, sans même jeter un regard sur ses sœurs, elle se téléporta à la propriété des Hawkins, retira le déshabillé et sauta dans l'eau du bain maintenant glacée.

C'était exactement ce dont elle avait besoin. *Nous*

n'avons rien fait de mal, se dit-elle. *Ned est mauvais. Il faut l'arrêter.*

Malgré cela, elle ressentit un frisson la parcourir qui n'avait rien à voir avec la température de l'eau.

Elle savait que Ned aurait du chagrin, un chagrin terrible d'avoir perdu son ami.

Et le fait de le savoir lui faisait de la peine au plus profond d'elle-même.

CHAPITRE 10

— Que fais-tu ici ?

Paige se tenait à côté de la table de billard, les cheveux encore mouillés après son bain.

— Je te rappelle que nous avions rendez-vous, dit-elle. Je suis venue un peu plus tôt pour profiter de ta superbe salle de bains. Cela fait deux heures que je suis là.

Il la regardait, surpris, désespéré, triste, bouleversé… un caléidoscope de contradictions. Comme quelqu'un qui venait de perdre son meilleur ami.

— Tu vas bien ? demanda-t-elle.

L'expression de Ned s'adoucit.

— Tu ne verras plus Barrish.

— Que s'est-il passé ?

Ned hésita. Il faillit le lui dire. Paige était certaine qu'il était sur le point de tout lui révéler, y compris sa véritable nature diabolique et les événements de la soirée.

— Il y a eu un gros pépin, répondit-il d'une voix blanche.

— Oh, mon pauvre chéri. Je suis désolée, dit-elle en posant une main sur la poitrine de Ned avec douceur. Veux-tu qu'on en parle ?

— Non, pas vraiment.

Il prit les deux mains de Paige dans les siennes, d'un geste d'une tendresse étonnante pour un homme de sa nature.

Paige avait sincèrement envie de le consoler.

Dans son regard, elle retrouva de nouveau cette impression fugace. L'envie de tout raconter, afin qu'il n'y ait plus de secrets, plus de zones d'ombre entre eux.

Une telle confiance arrangerait terriblement les desseins de Paige, lui permettrait d'apprendre non seulement comment détruire tout ce clan de Démons de la Chance, mais également où ils cachaient les objets magiques.

L'un de ces objets pourrait peut-être ramener les Charmed au XXIe siècle.

La mauvaise conscience la taraudait, cependant. Mais pourquoi avoir des scrupules ?

Si cet homme et elle venaient seulement de se rencontrer, si elle n'était pas en possession de toutes ces informations le concernant, elle pourrait s'imaginer que Ned est un être de grande qualité. Peut-être mal conseillé, engagé dans des actions dont il ne connaissait pas les conséquences parce que personne ne lui avait jamais appris la différence entre le bien et le mal, mais tout de même un homme bon…

Allons, Paige, Ned n'est pas un homme ! Un démon, un être malfaisant ! Inutile de te leurrer !

Paige dut réprimer un frisson.

— Y a-t-il quelque chose que je puisse faire pour toi ?

Ned détourna les yeux.

— Je pense que je… J'ai besoin de mettre de l'ordre dans certaines affaires. Cela me fera du bien de travailler un peu.

— Je comprends.

Paige se sentait à la fois soulagée et déchirée. Elle voulait le réconforter, mais aussi voir le Mal arrêté, ce clan de démons anéanti.

Il l'embrassa et ses lèvres étaient froides, tellement glacées qu'elles en étaient brûlantes.

— Bonne nuit, Penny ! murmura-t-il en s'éloignant doucement, la laissant toute tremblante.

Ned se dirigea vers son bureau, tourna la clé, pénétra dans la pièce obscure et tira la porte derrière lui.

Paige remarqua qu'il n'avait pas tourné la clé pour refermer. C'était bon à savoir. Elle attendit que l'un des domestiques arrive avec son manteau. Mais quand le majordome apparut, il avait l'air très agité et n'apportait pas le manteau.

— Monsieur Hawkins est-il dans son bureau ? lui demanda-t-il.

Paige acquiesça et l'homme alla frapper à la porte, annonçant que Monsieur avait un appel urgent venant de l'étranger. La porte du bureau s'ouvrit et Ned en sortit, étonné de voir Paige encore là.

— Je saurai trouver mon chemin toute seule, ne t'inquiète pas, s'empressa-t-elle de répondre.

Il esquissa un faible sourire et tira la porte derrière lui, sans la verrouiller. Paige dut cacher son enthousiasme en notant avec surprise cette omission.

— Votre manteau est dans l'entrée, dit le domestique. Je vais vous accompagner.

Paige suivit les deux hommes, puis Ned s'éloigna en se contentant simplement de la toucher du bout des doigts avant de disparaître. Mais quel contact ! Excitant, électrique !

Dehors, l'un des chauffeurs de Ned arriva dans une Cadillac noire dont le capot réfléchissait le halo de la lune. L'homme à la silhouette carrée en fit le tour pour ouvrir la portière et Paige vint à sa rencontre avec un sourire enjôleur.

— Pete, mon chou, pourriez-vous approcher l'une des torpédos de Ned ? La Ford, par exemple ? Il m'a dit que je pouvais en emprunter une quand je le voulais et j'adorerais conduire seule, ce soir. Ce clair de lune est magnifique !

— Bien sûr, Mademoiselle Matthews.

Quelques minutes plus tard, elle s'éloignait au volant de la Ford. Quand, quelques kilomètres plus loin, elle était certaine de ne pas avoir été suivie, Paige gara la torpédo sous un épais bouquet d'arbres et en sortit.

Apparemment, la porte du bureau de Ned était verrouillée de plus d'une manière. En effet, des boucliers magiques l'empêchèrent de s'y téléporter. Et si ces verrous virtuels étaient directement liés à la serrure de la porte, celle que Ned avait laissée ouverte pour la première fois ?

Il n'y avait qu'un seul moyen de le savoir. Essayer.

Paige se redressa et prit une longue inspiration avant de l'ouvrir pour pénétrer dans la pièce interdite.

Au bout de dix minutes, elle avait fait le tour des dossiers personnels de Ned et trouvé des réponses à pratiquement toutes les questions qu'ils s'étaient posées sur Hawkins, ses hommes et les objets magiques dont ils faisaient le trafic.

Cole ne s'était pas trompé. Ned était trempé dans une affaire malhonnête et dangereuse qui le dépassait largement.

Qu'adviendra-t-il de cet homme ou plutôt de ce démon quand ils auront confisqué les objets magiques et compromis ses projets ? Oscar et Osiris seraient sauvés, mais Ned et son clan seraient perdus.

Soudain, Paige entendit des bruits de pas approcher et dut se téléporter hors du bureau en un clin d'œil.

Ce n'est qu'au milieu de la nuit qu'elle se réveilla et se demanda si elle avait pensé à éteindre la petite lampe, près des dossiers confidentiels, qu'elle avait allumée afin de pouvoir lire les papiers de Ned.

Devenait-elle paranoïaque ? Bien sûr qu'elle avait éteint cette lampe !

Mais Paige se trompait.

Une fois de plus, Piper se trouvait en face de la *Hollywood Cantina*. Au lieu d'essayer d'entrer par la porte de devant, immanquablement encombrée de GI's en goguette et d'une pléthore de jolies groupies, elle avait décidé de passer par la porte arrière, cette fois. Les bras chargés de paquets venant de chez Schwab's, le traiteur des stars, elle espérait entrer sans difficulté en prétextant une livraison. Ayant enfilé une tenue discrète, elle avait également prévu une « arme fatale » qu'elle avait soigneusement pliée dans la boîte du bas de la pile.

Deux brutes gardaient la porte et lui barrèrent aussitôt le passage.

— Une livraison de chez Schwab's ! annonça Piper d'une voix qu'elle aurait préférée plus assurée.

C'est de la folie ! Je ne devrais pas faire ça !

— Donnez-moi ces paquets, dit l'un des vigiles en tendant ses doigts boudinés.

— Désolée, mon brave. Je suis la cuisinière et fais partie intégrante du service complet à domicile.

Les deux types échangèrent des regards perplexes.

— J'ai tous les ingrédients pour un dessert spécial destiné à nos GI's, mais mon patron ne veut pas que la recette secrète s'ébruite. Alors il faut que j'entre, que je me trouve un coin de cuisine et que je prépare tout ça afin que ce soit prêt à l'heure.

Ils semblaient avaler son histoire, mais n'étaient pas totalement convaincus.

— Bon, très bien, dit Piper en haussant les épaules. Si vous le prenez comme ça ! Quel est votre nom ?

Sans la moindre hésitation, les deux hommes déclinèrent leur identité.

— Parfait ! Maintenant, je vais pouvoir dire exactement à mon patron qui m'a empêchée d'apporter à M. Garfield son dessert préféré dans son propre établissement.

À ces paroles, les deux hommes se raidirent. Ils échangèrent un autre regard, plus inquiet cette fois et, sans un autre mot, s'écartèrent et lui ouvrirent la porte.

— Merci, les gars ! Vous êtes des amours. Soyez sûrs que j'en glisserai un mot au patron !

Quand elle jeta un coup d'œil en arrière, les deux hommes souriaient aux anges.

— Tu as entendu ça, mon vieux ?

— Et comment ! On nous donnera peut-être l'occasion de faire la connaissance de Lana Turner ou d'une de ces stars !

Piper entendit la lourde porte se refermer derrière elle tandis qu'elle entrait dans la vaste cuisine. Comme prévu, elle y trouva l'activité d'une ruche aux heures de pointe et personne ne remarqua son arrivée. Elle posa ses paquets sur une étagère du mur du fond et emporta le dernier.

Trouver des toilettes ne fut pas difficile. Là, elle enfila le beau fourreau noir qu'elle avait apporté dans une boîte de livraison et se glissa par les portes de la cuisine, évitant de justesse un serveur chargé d'un immense plateau. Trois secondes plus tard, elle foulait le parquet de la salle de danse. Soudain, un homme en uniforme beige se planta devant elle. Il était maigre, au visage boutonneux et semblait terriblement embarrassé.

— Bon… Bonsoir, Mademoiselle… Vous êtes seule ? balbutia le soldat avec un sourire si large qu'il lui dévorait la figure.

Il se passa nerveusement une main sur un crâne dont les cheveux en brosse coupés très court laissaient voir une peau aussi brillante que le cuir de ses chaussures impeccablement cirées.

— Oh, je me sens un peu… perdue ! répliqua Piper. Je cherche simplement quelqu'un.

Le soldat se mit au garde-à-vous.

— O'Malley, à votre service ! Comment s'appelle-t-elle ? À quoi ressemble-t-elle ? Je peux peut-être vous aider ?

— Ce n'est pas une femme, mais un homme.

Il eut l'air terriblement déçu et s'éloigna, sans doute vers d'autres conquêtes.

Sur la pointe des pieds, Piper essayait de regarder autour d'elle, mais en vain. C'était ridicule. Était-ce vraiment raisonnable de venir ici, à la recherche de… Léo ?

Si elle retrouvait son mari et intervenait, ne serait-ce qu'une seconde dans sa vie, elle risquait de bouleverser complètement le cours du temps. Certes, elle pourrait le prévenir, l'empêcher d'aller au front et peut-être de s'y faire tuer. Mais alors, il ne serait pas devenu Être de Lumière et n'aurait pas sauvé tous ces innocents depuis des décades.

Bien sûr, si ses sœurs et elles échouaient et ne réussissaient pas à revenir à leur époque, au XXIe siècle, Piper risquait de ne plus jamais revoir son Léo chéri.

C'était ce soir ou jamais. Peut-être aurait-elle de la chance…

À cet instant, elle aperçut un groupe de soldats qui se dirigeait vers la porte de sortie et son cœur se mit à battre avec une frénésie presque inquiétante. C'était lui ! C'était Léo ! Il se trouvait parmi eux, riait, bavardait. Elle ne put voir son visage que quelques secondes et elle ressentit un pincement au cœur. Comme il lui manquait ! Le souffle coupé, elle resta là, une main sur la bouche pour s'empêcher de l'appeler.

Non, tu n'as pas le droit, pensa-t-elle, les larmes aux yeux. *Laisse-le partir !*

Puis elle le vit disparaître dans la foule et laissa échapper un long soupir. Curieusement, elle ressentit alors une impression de libération, de soulagement. Après tout, c'était mieux ainsi.

CHAPITRE 11

Comme un animal en cage, Cole faisait les cent pas dans la maison abandonnée de Penny Day Matthews. Il ne restait que quelques heures avant la grande fête donnée à l'occasion du bouclage du film que Paige faisait avec Osiris et, si leurs plans basés sur les derniers renseignements obtenus par la jeune sorcière réussissaient, ce serait leur dernière soirée en 1942.

Cole n'avait d'autre choix que de jouer profil bas après le terrible échec de sa « négociation » avec Hawkins. Il était plus vulnérable que jamais et devait rester caché.

C'est du moins ce que lui avaient assuré les Charmed.

Quelques jours plus tôt, Ned avait confié à Paige les clés d'un petit bungalow perdu dans la nature où ils se rendaient parfois en week-end. Les Charmed avaient décidé d'y installer discrètement Cole pour l'éloigner de la ville et… des démons.

Naturellement, il y avait des risques.

Ces derniers temps, Ned Hawkins se montrait à la fois charmant et assez réservé avec Paige. Mais vu la perte douloureuse qu'il venait de subir, et son chagrin, il était peu probable qu'il lui propose une petite virée dans le bungalow pour un week-end en amoureux.

Ce qui rendait ces lieux exigus assez sûrs.

Cole entendit un bruit venant du séjour et jeta un coup d'œil à l'horloge. Il était un peu plus de vingt heures. En se téléportant, Paige s'était déjà éclipsée de la soirée à plusieurs reprises pour lui apporter de quoi manger et des nouvelles sur l'évolution de la situation. Mais il ne l'attendait pas ici avant deux heures. Y avait-il eu des complications ?

Les Charmed avaient-elles besoin de lui ?

Il se précipita dans le séjour et fut surpris d'y découvrir Ned, accompagné de quatre de ses sbires, qui l'y attendait.

Il n'y eut pas de menaces. Des explications étaient inutiles. Deux autres hommes de l'intrus apparurent derrière Cole et le saisirent brutalement tandis que Ned le considérait avec un regard glacial et sans pitié.

Cole sut qu'il n'avait qu'une seule chance de s'en sortir. Malgré les recommandations de Phoebe, il avait quitté le bungalow à deux reprises et avait pu se procurer un petit quelque chose qui pourrait s'avérer utile en cas de bataille avec les démons de la Chance soi-disant invulnérables. Mais s'il jouait sa carte immédiatement, il risquait d'ôter aux Charmed tout espoir de gagner contre Hawkins.

Il resta donc immobile, sans défenses, laissant les deux démons le rouer de coups de poing et de pied, se pliant en deux sous la douleur avant de tomber à terre.

Quand la pointe d'une chaussure ferrée vint frapper son front, le précipitant dans les ténèbres de l'inconscience, Cole espéra que cette torture ne serait pas inutile et qu'ils finiraient par gagner contre ces ordures.

Puis il perdit connaissance.

Cela faisait maintenant plusieurs heures que Paige se trouvait à la fête, bavardant et plaisantant avec tous les invités qui s'étaient agglutinés au centre de l'entrepôt où avait été tournée la dernière production d'Osiris. Après maints discours et toasts, la soirée touchait à sa fin et tous les collaborateurs commençaient à défiler devant Oscar pour le remercier, le solliciter ou faire ses adieux. Comme Paige, certains membres de l'équipe avaient déjà été approchés pour la tournée internationale, d'autres se retrouvaient sans projet, ne sachant de quoi seraient faits leurs lendemains.

En les regardant se démener ainsi, Paige se sentit quelque peu coupable. Oscar lui avait fait une offre que beaucoup lui envieraient. Et dire qu'elle s'apprêtait à la décliner sans même pouvoir lui dire pourquoi !

Parmi cette foule qui se bousculait, l'actrice en herbe se sentait à la fois joyeuse et triste. Elle allait sincèrement regretter les amis qu'elle s'était faits dans la société de production.

La jeune Chloé s'approcha d'elle, les yeux tristes.

— Ne t'inquiète pas, mon chou, dit Paige en la serrant dans ses bras. Tout va bien se passer.

Chloé avait, elle aussi, été sélectionnée pour voyager avec Oscar lors de sa mission internationale. Pour la tranquilliser, les Charmed lui avaient assuré pouvoir mettre fin aux agissements de Hawkins ce soir même.

— Je ne reverrai aucun d'entre vous après cela, n'est-ce pas ? demanda Chloé.

Paige n'allait pas lui mentir.

— Non, ma chérie. Je ne pense pas.

Chloé lui adressa un sourire malheureux puis l'embrassa encore avant de se diriger vers Oscar qu'elle embrassa également sur la joue avant de quitter l'entrepôt.

Oscar fit sauter le bouchon de la dernière bouteille de champagne et Paige s'écarta en riant pour ne pas voir sa jolie robe rouge éclaboussée.

Elle contempla le producteur en souriant.

— Vous allez me manquer, murmura-t-elle.

Il sembla surpris.

Paige ne lui avait pas encore dit qu'elle l'accompagnerait dans son aventure à l'étranger, mais ils s'étaient tous deux comportés comme si elle avait accepté.

— Vous ne venez pas avec nous ?

— Je regrette. Je dois régler certains problèmes familiaux qui ne peuvent pas attendre. Mais ne vous en faites pas, Oscar. J'ai envoyé un télégramme à une amie et elle viendra avec vous. Son nom est Theda McFey. J'espère que vous avez entendu parler d'elle.

Quand Paige mentionna le nom de Theda, le propriétaire du studio eut un sourire radieux.

— Je l'avais déjà contactée pour des rôles, par le passé. Theda sera parfaite, j'en suis sûr. Mais vous allez me manquer.

Les yeux de Paige s'emplirent de larmes quand elle le prit dans ses bras. Lorsqu'elle aperçut Ned qui l'observait de loin, elle posa un baiser sur la joue du vieux producteur et se dirigea vers lui.

— Désolé de ne pas être venu plus tôt, dit-il. J'avais quelques détails de dernière minute à régler.

Elle jeta un coup d'œil vers Oscar, puis se tourna de nouveau vers Ned.

— Ce n'est pas grave.

— Je veux que tu saches quelque chose, dit doucement Ned. Je sais que nous avions un accord. J'étais censé me montrer gentil envers Oscar.

— Oui.

— Eh bien, je ne l'ai pas fait.

Elle se raidit, prête à sortir ses griffes.

— J'ai fait mieux. J'ai complètement laissé tomber et trouvé un autre moyen de régler l'affaire pour laquelle j'avais sollicité la collaboration de ton producteur.

— Vraiment ? demanda Paige en pensant à quel point ces paroles étaient en contradiction avec ce qu'elle venait de découvrir sur lui.

— Tu représentes tout pour moi, dit-il avec douceur, presque avec sincérité. Cette semaine, j'ai perdu une personne qui m'était très chère. J'aimerais ne pas en perdre une deuxième.

Oh, mais il a l'air d'être mordu, pensa-t-elle. *Enfin, à sa façon…*

— Je peux te raccompagner ? demanda Ned en lui offrant le bras avec une grande courtoisie. Il est encore tôt. Je connais un bistro de l'autre côté de la ville qui vient juste d'ouvrir et je pense que tu adoreras cet endroit. Ou bien nous pourrions aller danser. Qu'en penses-tu ?

Ils sortirent dans la brise légère du soir et se dirigèrent vers la Cadillac noire, rutilante. Paige savait exactement comment elle devrait jouer cette scène, mais elle ne pouvait résister à l'envie d'improviser.

— Ainsi tu n'as rien d'autre à faire ce soir ? demanda-t-elle, le cœur battant. Tu es vraiment libre toute la soirée ?

— Toute la soirée, répondit-il sans la moindre hésitation en la regardant droit dans les yeux avec une lueur qui aurait bien pu être de l'amour.

Elle savait parfaitement bien ce que Ned avait prévu. S'il était prêt à changer ses plans, cela signifiait-il qu'il y avait un espoir de rédemption pour lui, un jour ? Tout dépendait d'elle, finalement.

Et ses sœurs ? Elle ne pouvait pas les laisser tomber !

— Je préférerais remettre cela à un autre soir, dit-elle en l'embrassant sur la joue. Je suis désolée.

Il la maintint serrée contre lui et chuchota :

— Non, c'est moi qui suis désolé. Ils disent que les

femmes portent chance. J'ai l'impression que la mienne vient de m'abandonner.

Puis, l'air triste, il s'installa dans la Cadillac.

Paige le suivit des yeux puis s'engouffra dans l'obscurité de l'entrée d'un immeuble qui se trouvait en face. Piper l'y attendait déjà et Phoebe vint les rejoindre quelques minutes plus tard.

Ensemble, elles attendaient en silence tandis que l'un après l'autre, les employés d'Osiris quittaient le studio. Quand Paige fut certaine que la fête était bien terminée et que les lieux étaient déserts, elle prit la main de ses sœurs pour les téléporter à l'intérieur.

Un rayon de lune traversait l'une des fenêtres et Piper profita de cette clarté pour jeter un coup d'œil à sa montre.

— Ils ne devraient plus tarder.

Elles prirent position et attendirent.

Dix minutes plus tard, les lourdes portes s'ouvrirent dans un craquement et des pas résonnèrent dans le studio. Un petit groupe d'hommes entra et quelques lumières furent allumées.

Paige reconnut Ned et ses hommes, ainsi que le type qui les accompagnait : Tom Phillips, le responsable des accessoires qui devait voyager avec Oscar pour la tournée de promotion. Les hommes de Ned portaient de lourdes caisses qu'ils posèrent délicatement sur le sol avant de les ouvrir. Tom, quant à lui, approchait avec un tire-palette chargé de boîtes contenant les accessoires pour la tournée. Il y avait des épées et des lames plus courtes, de faux joyaux de la couronne d'Angleterre et d'autres objets qui collaient à merveille avec l'échange que Ned avait prévu.

Il avait en effet cessé de harceler Oscar. Car pourquoi s'évertuer à convaincre le grand patron alors qu'il suffisait de soudoyer un subordonné ?

Il ne restait plus aux Charmed qu'à rester dans leurs cachettes et à observer exactement quels accessoires étaient remplacés par les objets apportés par Ned. Puis, une fois que tout le monde serait parti, il leur suffirait de prendre ces objets, d'appeler un taxi et d'apporter ce butin à Cole. Il disait connaître un moyen pour en extraire assez de pouvoir pour ramener les quatre amis au XXIe siècle.

Provoquer Hawkins et ses démons de la Chance à un combat serait pure folie. Seule Phoebe pourrait résister à leurs assauts. Les trois autres deviendraient rapidement les proies de leurs adversaires.

— Tu sais quoi ? demanda Phoebe en s'adressant à Piper avec un sourire éblouissant. Pour la première fois depuis une éternité, j'ai l'impression que nous allons avoir de la chance.

— Ou de la malchance ! dit un homme juste derrière elles.

Les deux sorcières tentèrent de se lever avant que les hommes de Hawkins ne les saisissent, mais elles furent trop lentes. Les démons couvrirent les bouches de Phoebe et de Piper et portèrent les sorcières jusqu'à la lumière. Paige avait déjà été capturée de son côté et Cole était allongé aux pieds de Ned, couvert d'ecchymoses et de sang, gémissant, à peine conscient. Tom, l'accessoiriste, avait disparu.

On leur avait tendu un piège !

— Ainsi, c'est vous trois qui formiez l'équipe de Cole Turner ? railla Ned sur un ton empreint de tristesse. Vos déguisements étaient superbes, je dois dire.

— Fiche-leur la paix ! dit Cole d'une voix faible.

Ned lui envoya un coup de pied dans les côtes pour le faire taire. Puis il se tourna vers Paige et ajouta :

— Si vous ne vous en étiez pas pris à Banzaf, je crois que je n'aurais jamais fait le rapprochement. Mais tu es la seule et unique personne à qui j'aie jamais mentionné son vrai nom. Sans cette information, vous les sorcières, vous n'auriez jamais pu l'anéantir aussi facilement que vous l'avez fait.

Paige tenta de détourner la tête, mais on la força à regarder dans la direction du démon.

— Je ne voulais pas le croire, continua Ned avec tristesse. C'est pourquoi j'ai laissé la porte de mon bureau ouverte et ces papiers bien en évidence afin que tu puisses les trouver. Tu as même laissé une lampe allumée pour signer ton passage.

En voyant Ned sortir un poignard de l'une des caisses qu'il avait apportées, les sorcières commencèrent à se débattre.

— Je suis désolé, dit-il. Je pensais vraiment ce que je disais ce soir et j'espérais sincèrement que tu accepterais de sortir avec moi. Bien sûr, cela n'empêche pas que mes hommes seraient venus ici de toute façon pour faire l'échange. Aucun d'entre nous ne peut renier sa vraie nature. Les démons ne s'intéressent qu'au pouvoir et au mal. Les sorcières sont leurs ennemies jurées. Ainsi soit-il !

Phoebe se surprit à regarder vers Cole tandis que Hawkins s'apprêtait à plonger un poignard dans la poitrine de sa demi-sœur. Les lèvres de son ex-mari articulaient quelque chose.

Enfin elle comprit.

Veste. Poche.

Phoebe mordit la main du démon qui la retenait. Il ôta ses doigts repoussants avec un cri de douleur et de colère.

— Attendez ! hurla-t-elle.

Ned la fusilla du regard.

Sans ciller, elle fit un signe de la tête en direction de Cole.

— On ne peut pas vous vaincre et vous avez gagné. Soit, on l'a bien compris ! Mais cette créature abjecte à vos pieds est mon ex-mari. Et s'il y a une chose que j'aimerais voir avant de mourir, c'est sa tête quand j'aurais enfin eu l'occasion de lui coller une belle raclée. Allez… Qu'est-ce que ça vous coûte ?

Un léger sourire se dessina sur le masque impassible que Hawkins avait adopté pour aller transpercer le cœur de Paige.

— Pourquoi pas ? Je l'ai uniquement gardé en vie pour que vous puissiez comprendre qu'il était inutile de résister. Et aussi pour que je puisse l'étriper morceau après morceau quand j'en aurais assez de l'entendre hurler. Allez-y !

Les sbires qui retenaient Phoebe la lâchèrent. Frissonnant, elle s'approcha de Cole qui se hissa péniblement sur ses jambes pour se camper devant elle en titubant.

Il sourit. Du sang coulait du coin de sa bouche.

— Je t'ai déjà dit combien je détestais ta famille ? dit-il.

Phoebe prit son élan et lui lança un uppercut en pleine tête. Il tituba et tomba dans ses bras comme un sac de farine. Deux des hommes de Hawkins avancèrent pour le détacher de Piper, mais elle eut le temps de plonger la main dans les poches de la veste pour en tirer trois petites fioles emplies d'un liquide pourpre.

De la potion.

— Désolé, Phoebe, chuchota Cole à son oreille. Je sais que tu m'as répété de ne pas sortir, mais je n'ai pas pu m'en empêcher. J'ai pris une assurance pour vous trois.

— Une minute ! intervint Hawkins en considérant d'un œil suspicieux les objets que Phoebe tenait dans la main.

Il dirigea la pointe du poignard vers elle et hurla :

— Ne la laissez pas jeter ces flacons !

Phoebe s'apprêtait à envoyer le premier sur Hawkins quand soudain elle se rendit compte d'une chose très troublante.

Il n'y avait que trois fioles en tout.

Elles étaient trois sœurs.

Mais le moment était mal choisi pour se poser des questions. Elle n'avait pas le choix.

Phoebe jeta la première fiole aux pieds de Paige. Elle éclata et une vapeur rosâtre s'éleva, enveloppa sa sœur tandis que les hommes de Hawkins reculèrent, paniqués.

Puis elle en fit autant pour Piper et elle-même.

La vapeur de la potion entoura Phoebe et elle la sentit entrer dans son corps, son âme, la métamorphosant en quelque sorte.

— Qu'est-ce que tu as fait ? hurla Ned à l'intention de Cole en le secouant violemment.

— Tu vas bien voir, répondit Cole.

Puis, se tournant vers Phoebe, il ajouta :

— Ma chérie ? Tu peux me faire une faveur ? Fais-les vraiment souffrir, tu veux bien ?

Phoebe sentit la fumée rose la submerger entièrement et se dit que ses deux sœurs devaient ressentir la même chose. Les Charmed allaient pouvoir satisfaire les désirs de Cole.

Sans plus attendre, elle se jeta sur les démons !

CHAPITRE 12

Piper prit rapidement la direction des opérations et utilisa ses pouvoirs pour exploser une grosse lampe accrochée à côté de l'un des démons. Une pluie de verre s'abattit sur lui et il hurla de douleur quand un éclat déchira son visage.

— Un peu de lumière ? demanda Piper.

— Allons, du nerf ! Ce ne sont que des sorcières, après tout ! cria Ned à ses troupes. Je m'occupe de celle-ci. Vous autres, attrapez-moi les deux autres !

Une paire de démons se précipita sur Paige. Le premier fit se soulever une énorme caméra par lévitation et la lança vers elle. L'autre se plaça derrière Paige afin de s'assurer qu'elle ne pourra s'échapper. Mais le projectile la contourna, frappa le deuxième démon en pleine poitrine et l'envoya voler quinze mètres plus loin.

— On dirait que la caméra ne t'aime pas beaucoup, hein ?

Deux autres démons attaquaient Phoebe. Elle prit de la heuteur pour se mettre hors de leur atteinte et s'élança jusqu'à la galerie du premier étage. Un démon lui envoya une gerbe d'éclairs du bout de ses doigts mais ils ricochèrent sur la rampe de fer avant de changer de trajectoire et exploser l'un de ses acolytes. Têtu, il ne renonça pas. Se dématérialisant, il réapparut immédiatement devant Phoebe, sur la galerie du premier, lui barrant le passage.

— Allons bon ! Tu m'aimes donc tant que ça pour me suivre partout ?

Sur ces mots, elle attrapa l'une des cordes qui étaient accrochées sur les rails aériens du studio pour s'élancer sur le palier en face.

Grognant de frustration et voulant surtout réparer sa maladresse précédente, le démon s'accrocha aux jambes de la sorcière pour la retenir. Mais il avait mal calculé les distances et alla se fracasser contre le mur, où resta imprimée la trace de sa silhouette. Il éclata en lambeaux qui s'éparpillèrent sur le sol, juste en dessous.

Piper ne chômait pas, pendant ce temps. Ned avait saisi une pile de rouleaux de pellicules qu'il lançait un à un sur la sorcière. Heureusement, elle réussit à les désintégrer au fur et à mesure qu'ils s'approchaient d'elle.

— Mais vous allez arrêter ça ! hurla Ned qui commençait à perdre patience.

— Bien sûr ! Dès que vous cesserez de les lancer sur moi ! répondit Piper.

Puis Ned remarqua qu'elle se tenait au beau milieu d'un fouillis de câbles. S'il se servait correctement de ses pouvoirs de malchance, il pourrait faire trébucher la sorcière et la transpercer avec la lame magique qu'il avait prise dans sa collection. Ainsi, son problème immédiat serait réglé.

Soumis à la puissance de sa volonté, les câbles se mirent à ramper comme des serpents et Ned sourit de satisfaction. Cette petite garce de sorcière n'en aurait plus pour longtemps ! Quand il se retrouva lui-même prisonnier des câbles qui se nouaient lentement autour de ses propres jambes, il poussa un cri de stupéfaction. Le chef des démons tomba, la tête la première, sur le sol en ciment du studio.

Ned ne comprenait pas ce qui se passait ! Pourquoi leur magie de malchance ne fonctionnait-elle pas correctement ? Une fois débarrassé des câbles, il se précipita vers Cole et le tira sur ses pieds, exigeant des explications.

Cole éclata de rire.

— Tu t'imagines que je vais te le dire ? Je m'amuse beaucoup trop, mon vieux !

Rouge de colère, Ned lui envoya un coup de poing sur la bouche. Sous la force du choc, la tête de Cole fut secouée en tous sens. Quand Cole lui cracha du sang en pleine figure, Ned grommela de fureur :

— Ça suffit ! Je vais en finir avec toi une fois pour toutes !

Phoebe, toujours sur la galerie du premier étage, observait la scène qui se déroulait juste en dessous.

Pourquoi Cole essayait-il de provoquer ce démon ? Il pourrait aisément se faire tuer. Phoebe se laissa descendre, saisit l'une des perches de micro et la balança de toutes ses forces contre la tête de Ned qui vint se cogner sur le poing fermé de Cole.

— Merci, ma chérie ! dit Cole en lui jetant un clin d'œil.

— Je t'interdis de m'appeler ainsi ! rétorqua Phoebe avant de repartir s'occuper des autres démons.

Affaibli, un sourire stupide sur les lèvres, Cole s'écroula de nouveau.

Dans un coin, à extrémité du studio, Paige était piégée par deux autres démons de Hawkins. Elle souhaitait presque qu'ils se métamorphosent pour enfin adopter un visage plus hideux, comme Cole quand il se transformait en Balthazar. Ces démons de la Chance se ressemblaient tous et c'était vraiment très énervant ! Ils avaient tous les mêmes yeux gris-bleu, des cheveux couleur sable, des costumes de coupe identique… sans doute la grande mode de l'époque ! Bref, impossible de les différencier les uns des autres sans faire un effort particulier d'observation.

Car Paige ne voulait pas éliminer Ned. Pas si elle pouvait l'éviter.

Les démons envoyèrent un sortilège de pluie juste au-dessus de la jeune actrice, espérant que l'eau noierait les capacités intellectuelles de la sorcière. Mais, une fois de plus, leur magie eut l'effet inverse de ce qu'ils avaient prévu. La pluie s'abattit avec une violence inouïe sur la tête des deux démons et ils se mirent à courir en tous sens dans le studio.

Les trois sorcières regardèrent en riant les démons tenter d'échapper aux nuages orageux qui les poursuivaient où qu'ils aillent.

Les Charmed n'avaient aucune idée de ce que contenaient les potions procurées par Cole, mais cela commençait à vraiment être très dôle !

Deux autres démons, à la stature de culturistes, firent appel à la grande artillerie et jetèrent carrément un sortilège de tornade. Tous les démons, y compris Ned, furent ramassés par le mini cyclone et promenés dans tout le studio. La tornade fit également un passage dans la garde-robe et les produits cosmétiques, laissant derrière elle des amoncellements de chiffons et de fards. Une fois que la tornade avait fini sa course, Ned et tous ses démons étaient tartinés de maquillage et de produits capillaires, déguisés n'importe comment. Ned, complètement éberlué, fut jeté sur le sol avec un boa de plumes violettes autour du cou et des mules en peluche rose aux pieds. Deux de ses hommes portaient même des robes. C'était parfaitement irrésistible !

Le studio n'était plus qu'un immense capharnaüm et les fines parois du plateau avaient été éclatées par le passage de la tornade.

Curieusement, ni les Charmed ni Cole n'avaient été touchés par ces vents violents et capricieux.

— Quand est-ce que ces démons vont comprendre que leur magie ne marche pas correctement ? Ils feraient mieux d'abandonner ! dit Paige sur un ton agacé.

Soudain Ned émergea d'une pile de costumes chatoyants de harem, furibond. Ses lèvres remuaient tandis qu'il balbutiait les incantations d'un sortilège.

Peu à peu, les Charmed purent sentir le pouvoir se densifier.

— Ne fais pas ça, Ned ! Contente-toi de t'en aller. Je t'en supplie ! cria Paige.

Il jeta le poignard vers elle et la lame l'aurait atteinte en pleine poitrine si un projecteur ne s'était pas détaché du rail du deuxième étage avant de lui tomber exactement dessus, interrompant sa course.

— Bon, si c'est comme ça, dit Paige ! Tu l'auras voulu !

— Je crois qu'il est temps de s'abriter ailleurs, suggéra Piper.

— Tout à fait d'accord avec toi ! rétorqua Phoebe.

Elle prit aussitôt Cole sous le bras et ils se précipitèrent ensemble vers les grandes portes de sortie afin d'échapper à Ned et au sortilège qu'il s'apprêtait à jeter.

Les murs du studio tremblaient et s'incurvaient vers l'intérieur comme s'ils étaient attirés vers Ned par une puissance incontrôlable.

Les quatre silhouettes coururent vers les bureaux des studios, dans l'immeuble voisin. Se tenant la main, les trois sœurs entouraient Cole afin de le protéger. Il y eut aussitôt un souffle très fort, puis ce fut le silence complet. Les Charmed attendirent que tout soit vraiment terminé, puis sortirent avec prudence, suivies de Cole.

Le bâtiment qui avait abrité le plateau des Studios Osiris était complètement effondré. C'était comme si la structure s'était simplement affalée sur elle-même. Quelque part, sous les décombres, se trouvaient Ned, ses sbires et… les objets magiques.

— Ned a dû détruire tout l'immeuble en essayant de nous atteindre, dit Paige.

— On a eu de la chance qu'il n'ait pas pu nous jeter un sort pour nous retenir à l'intérieur avec lui, fit remarquer Phoebe.

— Oui, c'était vraiment une super chance ! dit Cole avec un sourire malicieux.

— Dis-moi, Cole, que contenaient ces potions que tu as concoctées pour nous ? demanda Phoebe.

Cole éclata de rire.

— C'était à base de chance et de malchance, expliqua-t-il.

— Je crois comprendre, dit Phoebe. On avait déjà la poisse puisque rien ne marchait comme on voulait. Quand Hawkins a essayé d'utiliser sur nous son pouvoir de chance et de malchance, cela s'est retourné contre lui, mais démultiplié.

— Pas mal, non ? C'est toi, Phoebe, qui m'en as donné l'idée. Quand on s'était retrouvés coincés dans cette ruelle, tu étais la seule à ne pas être affectée par la malchance que Ned nous envoyait. Je n'ai pas cessé d'y penser. Et j'ai fini par comprendre. Toi, tu avais déjà eu une bonne dose de malchance en tombant dans le piège tendu par les démons aux yeux gris-bleu. Sans oublier que tu n'arrivais pas à te dépêtrer de moi alors que tu espérais me voir rester dans la dimension de l'enfer pour l'éternité. Tout cela tombait sous le sens.

Ils retournèrent sur les lieux de l'implosion et grimpèrent sur les débris, à la recherche des objets magiques. Heureusement, les caisses étaient restées groupées et ils purent les dégager aisément. Il fallait faire vite, car quelqu'un ne tarderait pas à passer et à appeler les secours en voyant cette montagne de gravats à la place du bâtiment des studios.

— Phoebe ? Je peux te voir un instant ? demanda Cole en grimaçant de douleur à chacun de ses mouvements.

Un peu agacée, elle le suivit quelques mètres plus loin.

— Phoebe, j'aimerais que tu m'écoutes attentivement, s'il te plaît. Il nous reste un petit espoir.

— Qu'est-ce que tu manigances encore, Cole ?

— Ces types sont des idiots, ils ne savent pas ce qu'ils détiennent, là. Ils n'ont pas la moindre idée du pouvoir que ces objets représentent. Mais moi je le sais. Imagine tout le bien que nous pourrions accomplir si nous gardions tous ces objets pour nous. Ensemble nous pourrions rendre le monde meilleur !

— Ce n'est pas à cela qu'ils sont destinés. Ils ne sont pas là pour qu'on manipule le Bien et le Mal.

— J'aimerais tout de même que tu y réfléchisses.

— Est-ce que ces objets peuvent nous ramener à notre époque ou non ?

— Non.

— Quoi ? Mais tu disais…

— Bon, techniquement, ils le peuvent. Ils en ont le pouvoir. Mais le pouvoir ne suffit pas, il s'agit du cours de l'histoire. Chacun de ces objets est destiné à un usage très particulier. Le temps est à la fois flexible et rigide. On peut revenir en arrière et faire de petites modifications ici et là. Mais retirer Hitler avant qu'il prenne le pouvoir risquerait de bouleverser entièrement le cours de l'histoire, de créer un tout autre monde.

— Et s'en servir pour nous ramener en arrière risque d'avoir un grand impact ?

— Oui, vous trois pourriez revenir chez vous, mais ce ne serait pas le monde que vous avez connu. Vous seriez décalées, différentes, peut-être même inexistantes. C'est difficile à dire. Mais les changements seront énormes. Tous ces objets sont destinés à faire le Bien en ce monde et je connais leur rôle à tous, les circonstances pendant lesquelles ces objets auraient dû être ou ne pas être utilisés, les occasions manquées… Tiens, regarde celui-là.

Cole lui montra une épingle qu'il avait retirée de l'une des caisses. Elle n'était pas plus grande qu'une pince à cravate. Il l'accrocha au revers de sa veste et écarta les mains.

— Et voilà ! Maintenant j'ai un sixième sens en ce qui concerne le danger. C'est comme Spiderman. Accroche cette épingle à la veste de JFK ou à la cravate de Martin Luther King, et tout se déroule autrement ! Avec cet objet, on pourrait arrêter cette saleté de guerre demain.

Les deux autres sorcières se tenaient en lévitation juste au-dessus de leurs têtes et avaient entendu une grande partie du discours de Cole.

Il se tourna vers Piper pour avoir son appui.

— Imagine… Même Léo n'aurait pas à mourir.

— S'il n'était pas mort, il ne serait jamais venu à moi. Certaines choses, même désagréables, doivent arriver, Cole. Nous n'avons pas le droit d'interférer.

— Mais les peuples ne seraient plus affamés ni oppressés… Nous pourrions détenir un pouvoir absolu pour répandre le Bien.

Phoebe haussa les épaules.

— Me voilà dans de beaux draps ! Ainsi, j'ai devant moi un ancien démon qui veut jouer à Dieu ? Que ce soit pour faire le Bien ou le Mal, personne n'a le droit de détenir un contrôle absolu.

Cole saisit le bras de Phoebe.

— Je t'en prie, Phoebe. On est coincés ici de toute façon. Pourquoi ne pas…

Il la lâcha soudain, une lueur étrange dans le regard.

— Je sens du danger, dit-il d'une voix rauque tandis que la pince sur sa veste diffusait une lumière écarlate. À terre, vite !

Une silhouette massive surgit des gravats, sauta en l'air pour retomber avec un sifflement menaçant. Cole, qui se tenait le plus près, fut déséquilibré et l'épingle qui les avait avertis du danger se détacha de sa veste et tomba dans les gravats.

C'était Ned Hawkins.

Mais il avait pris une autre apparence, cette fois. Son visage était noir et couvert de suie, ses yeux gris-bleu incandescents dans la nuit, ses dents aussi acérées que des aiguilles. Il avait perdu sa veste. Son pantalon et sa chemise blanche étaient lacérés et couverts de taches de sang. D'énormes griffes crochues remplaçaient ses pieds.

Il pointa le doigt vers Paige.

— C'est toi qui m'as fait ça, petite garce ! Maintenant tu vois mon vrai visage !

— Oh, ça sent le roussi ! s'exclama Paige en repartant vers les gravats pour retirer une épée de l'une des caisses contenant les objets magiques.

— Qu'est-ce que tu vas faire avec ça, petite sotte ? s'esclaffa Ned. Si tu essaies d'utiliser ta magie, tu créeras une véritable catastrophe !

— Il a raison, renchérit Cole. Il y a toutes sortes de rituels et de gardes qu'il faut d'abord mettre en place avant de...

— Oui, oui, je n'en doute pas une seconde, dit Paige sur un ton agacé.

En effet, la jeune sorcière pouvait sentir le pouvoir de l'épée, sa soif de sang et de magie.

— Ta, ta, ta... Puisqu'on te dit que ça ne marchera pas ! railla Ned en secouant la tête comme s'il parlait à un gamin turbulent.

Sans autre forme de procès, la sorcière fit tournoyer

l'épée et l'enfonça dans la poitrine de Ned. Secoué de convulsions, il tira sur la lame de métal qui sortait de sa poitrine, puis s'écroula sur les gravats, les yeux étonnés fixés sur l'épée qu'il n'était pas arrivé à déloger.

— Je sais encore me servir d'une épée, mon vieux ! déclara Paige d'un air triomphant.

Bouche bée, Phoebe et Piper considérèrent leur sœur avec étonnement.

— Hum ! fit Cole. À l'occasion, rappelle-moi de ne jamais te mettre dans une telle fureur !

— Ça va être difficile, rétorqua Paige. Et il faut surtout qu'on se dépêche de mettre ces caisses en lieu sûr avant que quelqu'un arrive.

— Attendez ! dit Phoebe. Il y a un sortilège de Theda qui remet les choses telles qu'elles étaient.

— Seulement les objets inanimés, précisa Piper.

Paige regarda autour d'elle.

— Ça me convient. Je ne suis pas certaine qu'Oscar ait souscrit une assurance pour ce genre de chose.

Les sorcières se donnèrent la main :

Reprends la forme d'antan,
Que tout redevienne comme avant.
Que le Mal se retire et le Bien s'instaure !

En quelques secondes, les vents qui avaient tout détruit se soulevèrent, portant dans leur courant les barres de fer tordues, les briques cassées, les vitres brisées pour tout remettre en place, tout souder, morceau après morceau, comme un immense jeu de construction.

Le plateau, les caméras, les projecteurs, tout redevint exactement comme si rien ne s'était jamais passé.

En un clin d'œil, Osiris était ressuscité de ses décombres.

— Voilà qui est… intéressant, cria une voix rauque.

Les Charmed et Cole se retournèrent pour voir Ned Hawkins se dresser sur ses jambes, s'agrippant cette fois à l'épée qui essayait de se libérer de sa poitrine pour retourner dans la caisse dont Paige l'avait tirée.

— Oh, zut ! murmura Paige. L'épée ! Nous avons utilisé notre magie sur l'épée.

— Ça va provoquer un cataclysme ? s'enquit Phoebe, paniquée.

— J'en ai bien peur, avoua Cole.

Des éclairs d'énergie blancs et violets s'échappaient déjà de l'épée pour se diriger vers le haut, menaçant d'arracher le toit du studio fraîchement reconstruit.

Soudain, une grosse voix tonna :

— Non !

Les murs tremblèrent carrément sous l'impact de ce bruit et les tourbillons d'énergie s'immobilisèrent à quelques centimètres du toit, tout en continuant à danser comme des flammes.

Une silhouette haute de deux étages apparut et Paige vit un bras géant se tendre vers les tourbillons, une main se poser sur la pointe des flammes d'énergie, comme pour les calmer. Le visage était celui d'un vieux sage et sa poitrine aurait rendu Adonis malade de jalousie.

— Oh ! dit-elle. C'est quoi, ça ?

— Par tous les dieux du ciel ! murmura Piper.

— Je pense que c'est justement l'un d'entre eux, dit Cole. Peut-être le dieu de la chance ?

Hawkins se retourna, tremblant de terreur.

— Non ! Va-t'en ! Nous ne t'adorons plus, cria-t-il. Notre temps est venu, le temps d'être enfin libres !

Une douzaine de démons encapuchonnés apparurent et entourèrent Ned. Ils ressemblaient à ceux qui avaient entraîné les Charmed dans cette aventure.

— Toi et les tiens avez manqué de vision et d'envergure ! gronda encore la grosse voix. Votre ambition personnelle vous a aveuglés. Mes émissaires, ceux que tu vois ici, ont vu ce que tu as fait et ils apprendront de tes erreurs. Ils grandiront en sagesse alors que toi, tu ne laisseras pour tout héritage que la honte et la malchance !

Piper, les poings sur les hanches, leva la tête vers le dieu.

— Hé, vous ! Qui êtes-vous ? demanda-t-elle.

— On me prête beaucoup de noms, mais je règne surtout sur la chance… et la malchance !

— Parfait ! Je suis ravie de vous rencontrer. Écoutez, on a fait des bêtises et on le reconnaît. Vous êtes venu ici parce que ce vieux Ned et ses semblables méritaient une grosse fessée. C'est une excellente initiative. Mais comme vous ne les auriez jamais retrouvés sans nous, et que vous êtes de toute façon là, est-ce que vous pourriez en profiter pour empêcher ce tourbillon de détruire la planète entière ? Nous vous en serions vraiment reconnaissants.

— Vous avez parfaitement raison. Vous m'avez rendu service et je vous dois une faveur. Sauver les vies de tous ceux qui vous entourent est un trait de votre personnalité, un don de la nature. Mais pour vous, qu'aimeriez-vous que je fasse ?

— On voudrait simplement rentrer chez nous, revenir à notre époque.

Le géant hocha la tête et le tourbillon d'énergie fut arraché de Ned et de son épée, traversa le studio, changea de forme pour prendre celle d'un vortex en spirale, semblable à celui qui les avait amenés dans cette époque révolue.

— Vous voyez ? s'écria Piper, ravie. Parfois il suffit de demander !

— Bon voyage ! gronda le géant en ramassant Ned qui gesticulait en hurlant à pleins poumons.

Suivi des démons encagoulés, le dieu s'éloigna en le traînant derrière lui.

L'épée retomba bruyamment sur le sol.

— Et voilà ! dit Cole. Voilà la solution pour rentrer. Je savais bien qu'on y arriverait !

Phoebe lui jeta un regard noir.

— Il y a une chose, cependant ! dit-il en se dirigeant vers les caisses contenant les objets au pouvoir magique. On ne peut pas simplement laisser ces trucs derrière nous. Il ne faut pas qu'ils tombent entre les mains de gens mal intentionnés. Et il est hors de question d'utiliser la magie sur eux ! Vous avez vu ce qui a failli arriver il y a quelques secondes…

Les sorcières regardèrent le vortex d'un air inquiet.

Impossible de dire combien de temps il allait rester ouvert.

Phoebe prit la parole en premier.

— C'est à toi de choisir, Cole. Si ces objets sont si importants pour toi, si c'est le pouvoir que tu veux…

— Arrête un peu, Phoebe ! Du pouvoir, j'en ai bien plus qu'il ne m'en faut, à la maison. Je vais rester ici et m'assurer que ces objets suivront le destin qui leur est réservé. Fais-moi confiance. Si je commençais à changer des choses ici, alors que tu es retournée là-bas, tu risquerais de ne jamais naître. Je ne supporterais pas une chose pareille. Je t'aime, Phoebe. Si je fais cela, c'est uniquement pour toi. Qu'en dis-tu ?

Piper croisa les bras.

— Je n'en reviens pas de dire ça, mais je pense qu'il est vraiment sincère.

Devant eux, le vortex se mit à trembler, à grandir puis à se réduire pour enfin clignoter de plus en plus vite.

— Il ne vous reste pas beaucoup de temps, vite ! cria Cole.

Ils entendirent des bruits de pas se rapprocher rapidement. C'était Tom, l'accessoiriste.

— Allez-y tous ! cria celui-ci. Retournez à votre époque ! Je m'occupe de tout ça, ici !

Phoebe, éberluée, fronça les sourcils.

— Mais je croyais que tu étais du côté de Hawkins !

Tom écarta les bras. Une lumière blanche l'enveloppa et de doux carillons tintèrent quand il se téléporta jusqu'aux Charmed.

— Mais tu es un Être de Lumière ! s'étonna Paige.

— Oui, les Anciens m'ont envoyé ici pour m'occuper de Chloé. J'ai fini par comprendre que le meilleur moyen de lui assurer la sécurité était de mettre fin au trafic de Hawkins et de son clan. Je ne savais pas que vous quatre alliez débarquer. À vrai dire, je crois que je ne m'en serais jamais sorti tout seul. Ces démons étaient terriblement puissants. Mais à partir de maintenant, je suis certain de pouvoir mener cette mission à terme.

Le vortex cligna de nouveau. Cole rejoignit les Charmed et ensemble ils entrèrent dans la spirale qui les avala aussitôt.

Léo faisait les cent pas à l'endroit où sa femme, ses sœurs et cette crapule de Cole avaient disparu. Il avait envisagé d'aller consulter les Anciens, mais Piper trouverait peut-être un moyen de lui envoyer un message. Il ne voulait pas la manquer en s'éloignant.

Il ressentit soudain une forte chaleur derrière lui. En se retournant, il se retrouva nez à nez avec les démons de la chance qui avaient tramé toute cette affaire depuis le début.

— Tiens ! Un Être de Lumière ! Comme c'est intéressant, n'est-ce pas Sire Sanglot ? dit l'un.

— En effet, Sire Tremblement. Il semble très préoccupé. Nous devrions mettre fin à ses souffrances.

— Une idée excellente, Sire Sanglot. Vraiment excellente !

Léo les fusilla du regard.

— Vous voulez vous battre ? Parfait. Une fois que je vous aurai bien rossés, vous pourrez peut-être me dire comment je peux retrouver Piper ?

Les démons de la chance blêmirent et une étrange lumière violette balaya leurs visages incrédules.

Léo sentit un souffle derrière lui.

— Allez, Léo ! Écarte-toi d'ici ! ordonna Piper.

En reconnaissant la voix de sa bien-aimée, Léo sourit aux anges et fit un pas de côté. Il se tourna à temps pour voir disparaître le vortex. Les Charmed et Cole se tenaient devant lui.

Terrorisé, Sire Sanglot se mit à trembler :

— Quoi ! Ils… ils sont de retour ?

— Mais… mais c'est impossible ! sanglota Sire Tremblement.

Cole sourit.

— Ah ! C'est plutôt une mauvaise nouvelle, les gars ! On dirait que votre chance vient de vous abandonner.

Faisant un pas en arrière, Cole prit un infini plaisir à regarder les trois Charmed se tenir la main et réciter un sort que Theda leur avait laissé.

Les démons de la chance, qui avaient presque réussi à les détruire, se mirent à hurler et à exploser, traversés par des éclairs d'énergie.

Ils étaient enfin anéantis.

— J'ai l'impression qu'on était encore suffisamment imprégnées de cette potion pour les envoyer de vie à trépas, dit Phoebe.

Cole se tourna vers son ex-épouse. Avec tout le mal qu'il s'était donné pour aider les Charmed, elle finirait peut-être par comprendre qu'il avait changé.

— L'autre soir, tu m'as dit que je pourrais avoir droit à un peu de gratitude de ta part si je le méritais.

Elle détourna les yeux.

— Exact. C'est en effet ce que j'ai dit.

— Alors, Phoebe… je le mérite ?

Elle le considéra longuement, puis laissa échapper un long soupir et se détourna.

— Repose-moi la question dans six ans ! dit-elle tristement.

Devant eux, Piper courait rejoindre son bien-aimé qui la serra fort dans ses bras et la fit tournoyer.

— Oh, ma chérie ! murmura-t-il en l'embrassant.

Cole les regarda un instant, puis se détourna de Phoebe.

Que leur réservait l'avenir ?

Puis il disparut.

Quelques instants plus tard, Phoebe et Paige marchaient sur la plage, jouissant du spectacle des lumières qui brillaient tout autour de la baie.

— Alors, que vas-tu faire maintenant ? demanda Phoebe.

— À part rentrer à la maison et enfin me débarrasser de ces vêtements ? répondit Paige d'un air songeur.

Puis elle se souvint avoir donné son numéro de téléphone au beau jeune homme asiatique de la bibliothèque et ajouta :

— Qui sait ? Je vais peut-être avoir un peu de chance ?

— Vas-y ! l'encouragea chaleureusement Phoebe. Je crois qu'une longue promenade sur la plage va me faire le plus grand bien. Pour rentrer, j'appellerai Léo ou je prendrai un taxi.

— D'accord, à plus tard ! dit joyeusement Paige.

Elle posa un baiser sur la joue de sa sœur et disparut dans la nuit.

Phoebe leva les yeux vers le ciel, contempla les myriades d'étoiles. Elle était de retour dans sa propre époque et sa famille était saine et sauve. Que désirer de plus ?

Pour la première fois depuis très longtemps, elle ressentit un délicieux sentiment de liberté.

Peut-être aurons-nous tous de la chance, cette nuit, pensa-t-elle en souriant.

Achevé d'imprimer sur les presses de

BUSSIÈRE

GROUPE CPI

à Saint-Amand-Montrond (Cher)
en décembre 2004

FLEUVE NOIR
12, avenue d'Italie
75627 Paris Cedex 13
Tél. : 01-44-16-05-00

— N° d'imp. : 45528. —
Dépôt légal : janvier 2005.

Imprimé en France